청소년을 위한
시 쓰기
공부

청소년을 위한 시 쓰기 공부

초판 1쇄 펴냄 2018년 10월 15일
초판 4쇄 펴냄 2021년 6월 29일
지은이 박일환 | **편집** 북지육림 | **본문디자인** 운용 | **제작** 제이오
펴낸곳 지노 | **펴낸이** 조소진 | **출판신고** 제2019-000277호
주소 경기도 고양시 일산서구 고양대로 618 601호
전화 070-4156-7770 | **팩스** 031-629-6577 | **이메일** jinopress@gmail.com

© 박일환, 2018
ISBN 979-11-964735-0-1 (43800)

청소년을 위한
시 쓰기
공부

시를 잘 읽고 쓰는 방법

박일환 지음

시를 사랑하고 싶은 친구들을 위해

시를 생각하면 무슨 생각이 떠오르나요? 아름다운 것? 고상한 것? 이해하기 어려운 것? 아니면 시라는 말처럼 시시한 것? 그래요. 시는 받아들이는 사람에 따라 서로 다른 모습으로 다가갈 거예요. 어떤 모습으로 다가가건 시는 예전부터 우리 곁에 있어왔고, 앞으로도 있을 거라고 믿어요. 그런 시에 대한 이야기들을 풀어서 여러분에게 들려주려고 합니다.

노래는 즐겨 듣지만 시는 가까이하지 않는 친구들이 많을 거예요. 교과서에 실려 있는 시들을 억지로 공부하면서 하품을 해본 경험도 있을 테고요. 그러다 보니 시를 제대로 사랑하는 법을 알기 힘들었을 겁니다.

내가 들려주고자 하는 시 이야기는 가능하면 교과서에서 말하고 있지 않는 내용들로 채워볼까 해요. 학교에서 배운 것을 밖에서도 똑같이 배우면 지루하잖아요. 얼마나 새로운 이야기를 펼쳐놓을 수 있을지 모르겠지만, 일단 호기심을 갖고 페이지를 넘긴다면 좋겠네요. 딱딱한 형식을 피하기 위해 딸과 대화하는 방식을 취했답니다. 그래서 조금은 덜 지루할 거예요.

이 책을 읽고 시가 뭔지 조금이나마 이해하게 됐다는 친구들이 생기면 좋겠어요. 나아가 시를 사랑하게 되고, 스스로 시를 써보고 싶다는 마음이 들면 더 바랄 나위가 없겠지요.

사람에게는 누구나 시심詩心이라는 게 있어요. 시심은 단순히 시를 쓰고 싶은 마음만을 뜻하지는 않아요. 시와 같은 마음 혹은 시에 깃든 마음이라고 할 수 있을 텐데, 그게 뭘까요? 아름다운 풍경을 발견하면 감탄하고, 슬픈 장면을 맞닥뜨리면 가슴이 아프거나 눈물을 흘리고, 정의롭지 못한 광경을 보면 분노하는 마음이 생기는 것들, 이 모든 게 시심과 연결되어 있어요.

시는 그런 마음의 바탕 위에서 나와요. 그러므로 시를 쓰는 사람만 시인이 아니라 시는 안 쓰지만 자기 마음의 감정을 잘 들여다볼 줄 아는 사람도 시인이라고 할 수 있어요. 자기 마음을 시라는 형식에 담아 표현하는 게 힘들다면, 그냥 시심을 품고 시처럼 사는 것도 멋지지 않을까요?

시를 읽고 쓰는 즐거움이야말로 우리 삶에 꼭 필요한 공부라고 여기길 바라며, 이 책이 시와 더불어 멋진 여행을 떠나는 길잡이가 될 수 있다면 지은이로서 참 행복하겠습니다.

2018년 가을에
박일환

차례

1장

시란 무엇인가?

아빠　솔비야. 아빠가 왜 시를 쓰는지 궁금하다고 했지? 그래서 오늘부터 솔비에게 시에 대한 이야기를 들려주려고 하는데, 무슨 얘기부터 해주면 재미있을까?

솔비　그런데 시가 뭐야? 우선 시가 뭔지 알아야 할 것 같아.

아빠　그렇겠구나. 시 쓰는 요령이나 시를 감상하는 법도 중요하지만 일단 시라는 게 뭔지 알아야겠구나. 알고자 하는 대상이 뭔지도 모르면서 시작할 수는 없으니까. 그런데 솔비는 시가 뭐라고 생각해?

솔비 모르니까 물어보는 거지.

아빠 하하. 그건 그렇지만 솔비도 시에 대해 전혀 모른다고 할 수는 없잖아. 초등학교 때 배운 동시부터 시작해서 지금까지 교과서에서 참 많은 시를 배웠으니까. 시가 뭔지 머릿속으로 한번 떠올려봐. 말로 자세히 설명하기는 힘들겠지만 대충 어떤 게 시인지는 감이 잡힐 거야. 시와 소설의 차이점 같은 걸 생각해봐도 좋고.

솔비 그렇기는 한데, 막상 설명하려고 하니까 말이 입 안에서만 뱅뱅 돌아.

아빠 국어시간에 분명히 시의 정의에 대해 배웠을 거야. 국어선생님이 뭐라고 설명해줬는지 기억 안 나?

솔비 선생님이 말한 걸 다 기억하면 천재이게? 아빠 딸을 너무 높게 평가하지 마. 그래도 운율, 함축적 의미 이런 말을 들었던 거 같긴 해.

아빠 오, 제법인데. 내가 국어교사를 오랫동안 해왔으니까 정확하게 얘기해줄게. 국어교과서마다 조금씩 차이는 있지만 대체로 이렇게 돼 있을 거야. 시란 자신의 생각과 감정을 운율을 빌려 함축적인 언어로 표현한 글이다. 어때, 기억나니?

솔비 쳇, 누가 국어선생님 아니랄까 봐. 나도 생각나는 거 많아. 운율에는 내재율과 외형률이 있고, 시는 비유와 상징을 많이 사용한다. 그리고 또 뭐가 있더라? ……심상? 그런데 심상이 뭐였지?

아빠 역시! 말을 시작하니까 조금씩 생각이 나는 모양이구나. 심상은 쉽게 말하면 이미지야. 어떤 대상을 생각했을 때 마음속으로 떠오르는 느낌이 있잖아. 흔히 시각, 청각, 후각, 미각, 촉각 같은 심상이 있다고 말을 하지. 하지만 지금은 국어시간이 아니니까 그런 얘기는 이 정도로 하자. 일단 시가 뭔지 다시 따져볼 필요가 있는데, 조금 전에 내가 말해준 시의 정의는 틀렸다고 할 수는 없지만 맞았다고 할 수도 없어.

솔비 무슨 그런 말이 있어? 이거면 이거고 저거면 저거지.

아빠 세상에는 그런 게 있어. 한마디로 딱 잘라서 말하기 어려운……. 시도 마찬가지야. 아름다운 말로 꾸민 것, 산문보다 짧은

글, 운율이 있는 것, 감동을 주는 글. 다 맞아. 지금 말한 모든 것들이 시를 이루는 특성이긴 해. 하지만 그것만으로는 충분하지 않아.

지금까지 수많은 시인들이 수많은 시들을 써서 발표했잖아. 그 많은 시들을 하나의 울타리 안에 끌어들여 이것이 시라고 정의하기는 참 힘들어. 교과서는 수많은 시들이 지닌 특성을 종합하고 분석해서 공통점을 뽑아낸 다음 가장 근접한 말로 설명을 한 것뿐이야. 그래서 시에 대한 정의에 가깝기는 해도 완벽하다고 할 수 없지. 위 정의에 들어맞지 않는 시들이 많다는 얘기야. 너 혹시 이상이라는 시인을 들어봤니?

솔비　이상? 들어본 것 같긴 한데…….

아빠　분명히 국어시간에 배웠을 거야. 이상은 작품을 쓸 때 사용한 필명이고 본명은 김해경이야. 일제강점기인 1930년대에 시인이자 소설가로 활동한 분이지. 그런데 이 사람의 시를 보면 이름처럼 참 이상해. 보통 사람들이 봤을 때 도무지 시 같지 않은 거야. 시에 대한 고정관념을 깼다고나 할까. 어떤 작품인지 궁금할 테니 일단 시부터 살펴보자. 자, 봐. 이게 이상이 쓴 시 중 한 편이야.

患者의 容態에 관한 문제.

```
1234567890·
123456789·0
12345678·90
1234567·890
123456·7890
12345·67890
1234·567890
123·4567890
12·34567890
1·234567890
·1234567890
```

診斷 0·1

26·10·1931

以上　責任醫師　李箱

아빠　어때? 시 같니?

솔비　이게 시라고? 그냥 무슨 암호문 같은데.

아빠　시 같아 보이지 않아도 시가 맞아. 1934년 7월 24일부터 8월 8일까지 《조선중앙일보》에 연재됐던 「오감도烏瞰圖」 연작시 중 네 번째에 해당하는 작품이야. 그래서 「오감도 제4호」라는 제목으로 불리기도 하지. 한자를 써서 읽기가 불편할 텐데, 제목처럼 앞에 붙여놓은 건 '환자의 용태에 관한 문제', 그리고 끝부분에 있는 한자어는 순서대로 '진단', '이상 책임의사 이상'이라고 읽으면 돼. 한자를 읽어도 이해하기는 어려울 거야. 본래 1호부터 30호까지 연재하려고 했는데, 15호까지 연재하고 그만두었어. 왜 그랬을까?

솔비   시 같지 않으니까 그랬겠지.

아빠   그래 맞아. 방금 보여준 제4호뿐 아니라 다른 작품들도 비슷한 형태였거든. 그러다 보니 저런 것도 시냐는 독자들의 항의가 빗발쳤대. 자신들을 놀린다고 여겼을 수도 있지.

솔비   나라도 그랬을 거 같아. 그런데 독자가 이해하지 못하는 시도 시라고 할 수 있을까?

아빠   그 얘긴 좀 미루기로 하고, 교과서에서 자주 보던 시들하고 비교해보면 너무 낯설긴 할 거야. 이 시에 운율이 어디 있니? 시에 담긴 시인의 생각과 감정이 무엇인지 설명할 수 있을까? 그렇다면 문학을 전공한 대학교수나 평론가들은 이 시를 정확히 이해하고 해석할 수 있을까? 많은 연구자들이 이상의 시에 대해 나름

대로 해석과 평가를 내놓았지만, 시인의 의도를 정확히 파악했는지는 아무도 몰라. 더구나 시인이 돌아가신 지 80년이 넘었으니 찾아가서 물어볼 수도 없는 일이고 말이야.

　　이상의 시는 「오감도 제1호」를 비롯해 여러 편이 고등학교 문학 교과서에 실려 있기도 해. 문학적 가치가 있으니까 그렇겠지. 너도 이제 내년에 고등학교에 가면 이상의 시를 배우게 될 거야. 이상은 우리나라 현대문학사를 서술할 때 결코 빼놓을 수 없는 작가로 인정받고 있거든. 이상의 시들을 일러 실험시 혹은 난해시 같은 말로 설명하기도 하는데, 다른 시인들의 작품에도 선뜻 이해하기 어려운 시들은 꽤 많아.

솔비　슬슬 어려워지기 시작하네.

아빠　시에 대한 정의를 이야기하다 이상의 시를 예로 들었는데, 이번에는 다른 사람의 시를 이야기해보자. 솔비는 혹시 제목만 있고 내용은 아무것도 없는 시를 본 적 있니?

솔비　제목만 있는 시도 있어? 그런 게 있는지도 모르겠지만 교과서에 실린 시만 공부하기도 힘든데 다른 시를 어떻게 알겠어?

아빠　게임할 시간은 있고?

솔비　아이, 그게 아니잖아.

아빠　웹툰도 자주 보는 거 같던데…….

솔비　점점……. 자꾸 그러면 나 그냥 방으로 간다!

아빠　하하, 미안! 다시 이야기를 이어가 보자. 시가 제목만 있다니! 이번에도 별 이상한 게 다 있다 싶을 테지만 분명히 그런 시가 있고, 내게는 그 시가 매우 탁월한 작품으로 다가왔어. 황지우 시인이 쓴 「묵념, 5분 27초」라는 작품이야. 시집을 펼치면 저 제목만 덩그러니 있고 아래에 흰 여백만 있는 페이지가 나와. 내용이 없으니 운율이니 뭐니 따질 여지가 없지. 자, 그렇다면 황지우 시인의 시는 어떻게 이해해야 할까? 시인이 그냥 장난 삼아 던져놓은 게 아니라면, 분명 독자에게 전달하려는 의미가 숨어 있을 거야.

　　그런데 솔비야, 너도 〈택시운전사〉라는 영화를 봤지?

솔비　그럼. 아빠랑 같이 봤잖아. 나 그때 많이 울었는데…….

아빠   아, 그랬지. 관람객이 천만 명을 넘긴 영화답게 본 사람이 많을 거야. 너도 알 듯이 영화가 다루고 있는 사건은 1980년 봄에 일어났던 5·18광주민주화운동이야. 우리나라 군인들이 시민들에게 총을 쏘고, 거기에 맞서 광주 시민들 역시 총으로 무장하고 맞섰던, 우리 현대사에 두 번 다시 일어나서는 안 되는 비극적인 사건이었지.

초기에는 군인들의 총칼에 밀리던 광주 시민들이 예비군 무기고 등을 털어 자체 무장을 하고 계엄군을 광주 시내 밖으로 밀어내. 하지만 시민들이 잘 훈련된 군인들과 맞서서 전투를 한다는 건 애초부터 승산이 없는 일이잖아. 그럼에도 끝까지 저항하던 시민군은 도청 건물 안에서 마지막 밤을 보내게 되지. 그리고 운명의 그날 새벽, 계엄군이 도청을 향해 진압작전을 펴면서 많은 사람이 총에 맞아 죽거나 체포되는 걸로 사건이 마무리되고 말아. 계엄군이 도청을 향해 일제히 총을 쏘며 진압작전을 하던 그날 새벽이 5월 27일이야.

솔비   5월 27일?

아빠   제목만 있는 시를 이야기하다 길게 돌아왔구나. 자, 그럼 이제 조금 감이 잡히기 시작하니? 그래. 제목에 있는 '5분 27초'

는 바로 5월 27일을 에둘러 말한 거야. 광주 시민들이 마지막 피를 흘리던 그날 새벽! 그 비극 앞에 과연 어떤 말을 갖다 놓을 수 있을까? 자유와 민주주의를 지키기 위해 숨져간 그날의 영령들을 생각하며 묵념하는 것, 시인은 그것만이 유일하게 할 수 있는 일이라고 보았을 거야. 묵념을 하되, 5월 27일을 생각하면서 5분 27초 동안 하자는 거지. 그래서 그 의미를 안다면 제목 아래의 여백이 그냥 빈 공간으로 보이지 않을 거야. 그건 하얀 침묵이야. 그 자체로 독자의 마음을 울리면서 그날의 비극을 돌아보게 하는 힘이 있어.

조금 더 덧붙이면, 이 시는 1983년에 발행된 황지우 시인의 첫 시집 『새들도 세상을 뜨는구나』에 실려 있어. 광주민주화운동이 1980년에 일어났으니까 3년이 지난 시점이지. 그 무렵에는 광주의 진실을 공개적으로 알리는 게 힘들었어. 광주를 피로 물들이고 얼마 지나지 않아 전두환 장군이 '체육관 선거'로 대통령 자리에 올라 있을 때거든. 그래서 언론 통제도 심했고, 광주라는 말을 꺼내는 것 자체가 어려웠어. 하지만 그렇다고 해서 모두 숨죽여 살 수는 없고, 특히 감수성이 예민한 시인들은 어떤 식으로든 광주의 비극을 시로 담아내고자 했지.

황지우 시인이 바로 그런 경우인데 「묵념, 5분 27초」 외에도 광주를 다룬 시들을 시집에 많이 실었어. 다만 직접 고발하는 형태가 아니라 다양한 형식과 비유, 암시 등을 사용했지. 그럼에도 독자들은 시 안에 담긴 의미를 쉽게 찾아낼 수 있었어. 비극이 발생한 지 얼마 안 된 시기라 그렇지. 그로부터 수십 년이 흐른 지금 너희 또래들이 그 시집의 시들을 읽으면 의미가 바로 다가오지는 않을 거야.

솔비　아빠 설명을 들으니까 그런 시도 있을 수 있겠구나 싶어.

아빠　시는 이런 거다, 혹은 이런 식으로 써야 한다는 규정 같은 걸 만들 수는 없어. 그래서 나는 평소 시에 대해 이야기할 때 "시는 모든 것이면서 모든 것이 아니다"라는 말을 자주 한단다.

솔비　아빠는 말을 좀 정상적으로 하면 안 돼? 무슨 말이 그래?

아빠　어이쿠! 우리 딸이 머리가 아파지기 시작하는 모양이구나. 하지만 달리 설명하기가 어려워서 그래. 내 말이 앞뒤가 맞지 않으면서 좀 아리송하지? 이런 걸 모순 표현이라고 한다는 걸 국어 시간에 들어봤을 거야. 조금 더 생각해보면 분명 앞뒤가 맞지 않는 말이지만 그 안에 어떤 진리가 담겨 있다고 했던 것도 생각날 거고.

가령 "죽어야 산다" 같은 말을 들 수 있겠구나. 『성경』에 나오는, 밀알 하나가 땅에 떨어져 죽어야 그로부터 싹이 나고 나중에 많은 열매가 맺는다는 식으로 해석하는 게 그런 예일 수 있지. 혹은 전쟁 중에 병사들이 죽을 각오를 하고 싸우면 적을 물리치고 오히려 자신들이 살아남을 수 있게 된다는 걸 알려주는 말로 쓰이기도 해.

그런 면에서 나는 "시는 모든 것이면서 모든 것이 아니다"라는 모순 표현이 시를 설명하는 데 제법 많은 것을 알려준다고 봐. 시는 아름다운 말로 이루어져 있고, 운율이 있고, 사람의 마음을 울리면서 감동을 주고, 비유와 상징을 동원하거나 짧고 함축적인 언어를 사용하고……. 이런 식의 규정들이 모두 시의 특성들을 조금씩 말하고 있긴 해. 그렇다고 해서 이 모든 것들의 합이 시라고 말할 수도 없어. 한마디로 시를 무엇이라고 규정하는 건 한계가 있거나 불가능하다는 얘기야.

달리 말하면 시의 개념은 계속 확장되어왔고, 앞으로도 시의 울타리는 더욱 넓어질 거라는 말이지. 시 안에 신문기사나 광고 문구를 끼워 넣는 건 흔하게 볼 수 있고, 그림이나 사진을 넣은 시도 어렵지 않게 볼 수 있어. 요즘은 아예 '디카시'라는 장르를 만들어서 활동하는 시인들도 있어. 디카는 디지털카메라를 줄인 말인데, 디지털카메라로 찍은 사진 아래 그에 맞는 짧은 시를 덧붙여 만든 작품을 말해. 읽는 시에서 보는 시, 혹은 읽으면서 보는 시로 전환한 셈이지. 현대는 특히 시각예술이 발전한 시대이기 때문에 시도 그런 흐름을 따라가는 경향이 있다고 말할 수 있겠구나. 요약하자면 시의 영역과 구성 원리는 무한대라 해도 큰 무리가 없을 거야.

솔비 디카시? 그거 재밌겠다. 아빠도 그럼 디카시를 써본 적 있어?

아빠 나는 아직 안 해봤는데, 관심 있으면 솔비가 한번 시도해보면 어떨까? 그건 그렇고 시란 무엇인가에 대해 수많은 시인과 연구자 들이 정의를 내렸어. 그중에는 참 멋지고 아름다운 말도 많아. 내 마음에 가장 와닿은 건 "자신이 쓰고 싶은 대로 쓰고 시라고 우기면 된다"라는 말이었어.

솔비 어휴, 또 시작이다. 세상에 그런 말이 어딨어?

아빠 조금은 어이없고 황당하기도 할 거야. 너도 지금 말도 안 된다는 표정을 지었지만, 사실 다른 자리에 가서 이 이야기를 했을 때도 똑같은 반응이었어. 시는 어려운 거고 시를 잘 쓰려면 전문적인 훈련을 거쳐야 할 것 같은데, 자기 마음대로 쓴 다음에 시라고 우기라니, 그게 무슨 소리냐는 말이 나올 법도 하지.

그런데 잘 생각해 봐. 앞서 소개한 이상 시인이 「오감도」 연작시를 쓸 때 거의 대부분의 사람들이 그건 시가 아니라고 했거든. 제목만 있는 시, 반대로 제목은 없고 본문만 있는 시, 제목 아래 사진 하나만 덜렁 있는 시, 야유와 욕설로 가득한 시, 수학공식이나 도형을 집어넣은 시, 띄어쓰기를 하나도 안 한 시……. 이런 것들도 시가 될 수 있다고 누군가 우기면서 시작했을 거야. 그런 우격다짐이 인정을 받느냐 못 받느냐 하는 문제가 있을 수 있는데, 인정을 못 받으면 그냥 사라지는 거고, 인정을 받으면 시의 영역이 그만큼 넓어지는 거겠지.

시를 써서 발표하거나 시집을 내고자 한다면, 시에 대한 전문성을 갖추고 있는 누군가의 평가를 통해 인정받는 단계가 필요하긴 해. 그러다 보면 어느 정도 안정감 있는 형식과 내용을 갖추어야 유리하겠지. 하지만 그냥 혼자 쓰고 즐기는 차원이라면 그런 평가에 매달릴 아무런 이유가 없잖아. 시를 쓸 때는 그 시를 읽어줄 누군가를 생각하기 전에 우선 자기 자신부터 생각하는 게 좋아. 내가 쓰고 싶은 걸 썼는가, 그런 마음이 충분히 잘 드러났는가 하는 점이 더 중요하다는 얘기야. 남이 뭐라 하든 내 맘에 들면 그 자체로 시 쓰기의 즐거움을 충분히 누린 셈이지.

다른 예술 장르도 마찬가지지만 시 역시 자신의 상태와 마음을 드러내고 밝히는 거야. 그 과정에서 자신을 돌아볼 줄 아는 힘, 즉 성찰할 수 있는 능력이 길러진다고 할 수 있지. 그래서 글은 솔직함이 최고의 무기고, 솔직하기 위해서는 고정관념과 편견으로부터 벗어나 자유롭고 열린 눈으로 자신의 마음을 들여다볼 수 있어야 해. 그렇게 해서 태어난 시는 한없이 자유로울 수 있어. 시를 만드는 기능이나 기술은 그런 바탕 위에서 생겨나는 거고. 기교가 조금 부족하거나 어설퍼도 진실한 마음이 담겨 있으면 감동을 줄 수 있을 거야.

한 가지 우려 삼아 이야기를 하면, 앞에서 길게 말한 내용들 때문에 새롭거나 특별한 것만을 추구하려 한다면 그건 그리 좋지 않아. 다른 사람들과 구분되는 특별한 시를 쓰겠다거나, 누구도 흉내 낼 수 없는 창의적인 방법으로 시를 쓰겠다는 마음도 중요할 수 있지만, 자칫하면 그런 마음이 오히려 형식에만 집착하게 만들 수 있거든. 그러면 마음이 열리지 못해. 일종의 강박관념이 생기는 거지. 시의 영역이 무한한 만큼 자유롭고 열린 마음으로 시를 대하는 자세가 필요하다는 걸 잊지 말아야 해.

솔비　아빠 말대로라면 시는 내가 쓰고 싶은 대로 쓰면 되는데, 시험 볼 때는 왜 내가 쓰고 싶은 대로 쓰면 안 될까? 어른들은 툭

하면 세상살이에 정답이 없다고 하면서 말이야.

아빠   오홋. 솔비가 이제 슬슬 뭔가를 생각하기 시작하나 보네. 그런 자세로 시 공부를 조금 더 해보자. 오늘은 많은 이야기를 했으니까 이 정도로 하고, 내일은 다른 얘기를 기대해줘.

2장

시가 가진 힘

아빠　어제는 시가 무엇인가에 대한 이야기를 했는데, 오늘은 시의 쓸모와 시가 가진 힘에 대해 이야기해볼 거야.

솔비　오늘 얘기는 좀 쉽겠지? 기대해볼게.

아빠　어, 이거 시작부터 부담을 주네. 기대가 크면 실망도 큰 법인데, 어쩌지? 그래도 어제 한 얘기가 아주 쓸모없지는 않았을 거야. 그렇지 않니?

솔비　알았어요, 알았다고요. 그러니까 얼른 본론으로 들어가봐요.

아빠 어허, 그렇다고 너무 서둘지는 말고. 근데 너 조금 전에 라면 끓여 먹었지?

솔비 그게 왜?

아빠 너 혼자 맛있게 먹으면서 아빠한테는 한 젓가락 먹어보라는 얘기도 안 하더라.

솔비 헐~! 그래서 지금 삐진 거야?

아빠 솔직히 삐지긴 했지만, 그깟 라면 때문에 아빠의 품위를 잃어버릴 수는 없고……. 너 냄비에다 라면 끓인 다음 받침대 위에 냄비째 올려놓고 먹었잖아.

솔비 그야, 라면 냄비가 뜨거우니까.

아빠 그렇지. 어떤 사람이 그러더라. 시집은 라면 냄비 받침대로 써먹기에 좋다고. 적당히 얄팍해서 받침대로 딱이라는 거지. 이만큼 시라는 게 어떤 쓸모가 있을까 하는 문제에 대해 잘 설명해주는 말도 없는 것 같아. 실제로 우리가 살아가는 삶에서 시는 그리 쓸모가 없어 보여. 배고플 때 시집을 뜯어 먹을 순 없잖아. 시보다는 라면 한 그릇이 당장의 배고픔을 달래줄 수 있다고 한다면 시는 정말 라면 한 그릇보다 못할 수도 있지.

내가 시를 쓰니까 우리 집에는 시집이 꽤 많은 편이지만 보통 사람들 집에 가면 책장에 꽂혀 있는 시집을 찾아보기는 어려울 거야. 아예 한 권도 없는 집도 많을 테고. 그런데 평생 시집 한 권 안 읽는 사람이라고 해서 자기 삶을 포기하거나 엉터리로 사는 건 아닐 거야. 시를 안 읽는 게 부끄러운 일은 아니지.

그런 사람들도 직장생활 열심히 하고, 화목한 가정을 꾸리면서 자기 자식들 잘 되도록 뒷바라지하고 있잖아. 네 친구 부모님들도 다들 그러실 거야. 시가 없어도 먹고사는 데 아무런 지장이 없고, 사회생활이나 직장생활을 하는 데도 특별한 불편이 없어. 그런데도 왜 시인들은 열심히 시를 쓰고, 시를 배우는 게 중요하다면서 국어교과서마다 몇 편씩 꼭 실어놓았을까?

솔비 사람은 빵만으로 살 수 없다. 그런 말이 생각나네.

아빠 그래. 그 말처럼 사람은 육체적인 허기만이 아니라 정신적인 허기를 채워야 하고, 시가 그런 역할을 할 수 있기 때문이야.

이쯤에서 다른 이야기를 하나 해보자. 혹시 〈천 개의 바람이 되어〉라는 노래를 들어봤니?

솔비 그럼, 알지. 학교에서 세월호 추모 행사할 때마다 그 노래를 틀어주는걸.

아빠 그렇구나. 세월호 참사를 모르는 친구들은 없겠지. 인천에서 제주도로 가는 배가 가라앉아서 300명이 넘는 사람들이 숨진 사건이잖아. 더구나 희생자들이 대부분 수학여행을 가던 고등학생들이라서 더욱 큰 슬픔을 안겨주었지. 있어서는 안 될 비극적인 사건 앞에서 온 국민이 슬퍼하고 분노하며 한동안 추모 행사를 이어갔어. 그 무렵 팝페라 가수 임형주라는 분이 세월호 희생자들을 추모하는 자리에서 이 노래를 불러서 널리 알려지게 됐어. 그 뒤로 다른 사람들도 많이 불렀지, 그런데 이 노래의 가사가 원래 시였던 건 아니?

솔비 그런 말은 못 들어봤는데.

아빠 우선 이 노래의 가사부터 보자. 본래 영어로 쓴 글이기 때문에 번역하는 사람에 따라 내용이나 표현이 조금씩 다르긴 하지만, 대체로 다음과 같아.

내 무덤 앞에서 울지 말아요.

나는 그곳에 없어요.

나는 잠들어 있지 않아요.

제발 날 위해 울지 말아요.

나는 천 개의 바람

천 개의 바람이 되었죠.

저 넓은 하늘 위를 자유롭게 날고 있죠.

가을에 곡식들을 비추는 따사로운 빛이 될게요.

겨울엔 다이아몬드처럼 반짝이는 눈이 될게요.

아침엔 종달새 되어 잠든 당신을 깨워줄게요.

밤에는 어둠 속에 별 되어 당신을 지켜줄게요.

내 무덤 앞에서 울지 말아요.

나는 그곳에 있지 않아요.

죽었다고 생각 말아요.

나는 천 개의 바람

천 개의 바람이 되었죠.

저 넓은 하늘 위를 자유롭게 날고 있죠.

이 시는 1930년대에 미국 볼티모어에 사는 메리 프라이라는 아주머니가 썼다고 해. 처음에는 누가 쓴 시인지 몰랐는데, 어떤 이가 이리저리 추적해서 알아냈다고 하는구나. 어느 날 메리 프라이의 옆집에 사는 아주머니가 슬피 울고 있더래. 무슨 사연 인가 싶어 물어봤더니 자신의 어머니가 돌아가셔서 그런다는 거 야. 그런데 그 이웃 아주머니는 독일에서 건너온 이민자였대. 미 국에 이민 와서 살던 중에 어머니가 돌아가셨다는 소식을 들은 거지. 미국에서 독일이 아무리 멀다고 해도 어머니가 돌아가셨으 니 당연히 장례식에 참석을 해야 하잖아. 그런데 하필이면 그 아 주머니 혈통이 유대인이었다는구나. 그 무렵 독일에서는 히틀러 가 정권을 잡고 있었고, 히틀러가 유대인들을 탄압했다는 사실은 솔비도 알고 있을 거야. 그런 이유 때문에 독일에는 가지 못하고, 슬픔에 찬 눈물만 흘리고 있었던 거지.

그런 사실을 안 메리 프라이는 집으로 돌아와서 고민했어. 가까이 지내던 이웃이 슬픔에 빠졌는데 마땅히 도와줄 방법이 없 어서 안타까웠던 거지. 어떻게 하면 조금이라도 위로를 해줄 수 있을까 생각하다 그런 마음을 시에 담아서 건네주었다는구나.

그런데 어떤 경로로 그랬는지 모르겠지만 이 시가 오랫동 안 잊히지 않고 사람들 사이에서 떠돌고 있었대. 지금처럼 인터 넷이 발달한 시대도 아닌데 알음알음 퍼져나갔던 거지. 그만큼 프라이 아주머니의 시가 사람들 마음을 움직였던 모양이야. 그 러다가 이 시가 세계적으로 유명해지게 된 계기가 있었어. 영국에 속해 있지만 분리 독립을 원하던 북아일랜드 사람들이 군대를 조직해서 영국과 오래도록 맞선 적이 있어. 그러던 중 1989년에 스테판 커밍스라는 스물네 살의 영국 병사가 아일랜드 공화국군 IRA의 폭탄 공격에 목숨을 잃게 돼. 이 청년이 자신에게 무슨 일이 생기면 열어 보라며 편지 한 통을 가슴에 간직하고 있었는데, 그 편지에 이 시가 실려 있었다는 거야.

영국 정부에서는 국가를 위해 전쟁터에 나갔다가 숨진 병사를 위해 국가 차원의 장례를 치러줬고, 이 장면이 BBC 방송을 통해 영국 전역으로 방송이 됐대. 스테판의 아버지가 장례식장에서 아들의 편지와 이 시를 낭독하면서 영국 사람들에게 널리 알려진 거지.

그런 다음 또 세월이 한참 흘렀어. 미국 뉴욕에서 2002년에 벌어진 9·11 테러 사건에 대해서는 너도 알 거야. 비행기가 날아와서 거대한 쌍둥이 빌딩을 들이받아 빌딩이 무너지고 수많은 사람들이 희생당한 비극적인 사건이었지. 희생자들을 기리는 1주기 추도식에서 아버지를 잃은 11세 소녀가 또 이 시를 읽었다고 해. 워낙 세계적으로 충격을 준 사건이다 보니 추도식 장면을 전 세계로 중계했고, 그런 까닭에 이 시가 지구촌 사람들의 마음을 울렸다는 거야. 한 편의 시가 지닌 힘을 잘 알게 해주는 사례라고 할 수 있지.

그 뒤에 일본의 유명 작곡가 아라이 만新井滿이 이 시로 곡을 만들어 가수들에게 부르게 하면서 더욱 널리 퍼졌어. 그래서 지금은 세계 여러 나라에서 대형사고로 사람들이 많이 죽었을 때 이 노래를 추모곡으로 부르곤 한다는구나. 세월호 참사 때 이 노래를 부른 것도 그런 사연이 있기 때문이야.

이 시를 쓴 메리 프라이 아주머니는 유명한 시인도 아니었대. 그냥 평범한 아주머니였고, 이웃 친구를 위해 자신의 마음을 시라는 형식으로 담아냈을 뿐이지. 꼭 유명한 시인만 시를 쓰라는 법은 없으니까 누구든 자기 마음을 간절히 담아 쓰면 좋은 시가 될 수 있는 거야.

솔비　그런 슬픈 사연이 있었구나. 갑자기 가슴이 뭉클해지려고 하네…….

아빠　조금 전에 말한 것처럼 시는 우리에게 물질적인 혜택이나 도움을 주지는 않아. 아무리 시를 많이 읽어봐야 거기서 밥이 나오겠어, 떡이 나오겠어? 시를 쓰는 사람도 마찬가지지. 시만 써서 원고료나 인세로 생활하는 사람은 그리 많지 않아. 속된 말로 돈이 안 되는 게 시라고 할 수 있지. 아빠도 시만 쓴 게 아니라 국어 교사라는 직업을 갖고 있었잖아. 아마 아빠가 시만 쓰면서 살았다면 솔비는 학교도 못 다녔을 거야.

솔비 그렇다면 내가 가출을 했겠지.

아빠 아무리 그래도 가출이라니.

솔비 그럼 뭘 믿고 내가 집에 붙어 있겠어. 내 살길은 내가 찾아야지.

아빠 어이쿠! 내가 말을 잘못 꺼냈구나. 아무튼 그렇다 치고, 사람들은 왜 생활에 별 도움이 안 되는 시를 쓰고 읽는 걸까? 솔비는 왜 그런지 알겠니?

솔비 그거야 시를 쓰는 아빠가 잘 알겠지. 나는 그냥 시인의 딸로 사는 것만으로도 충분히 만족할 수 있어.

아빠 2차 세계대전 당시에 죽은 나치 병사들의 배낭에서 릴케와 횔덜린의 시집들이 발견되는 경우가 많았대. 전쟁터는 말 그대로 목숨이 왔다 갔다 하는 곳이고, 죽음에 대한 두려움이 떠나지 않는 곳이잖아. 그런 두려움을 시를 읽으며 달래고 견뎠던 모양이야. 나치 병사들뿐만 아니라 연합군 병사들도 마찬가지였다고 해.

그 당시 유대계 이탈리아 사람인 프리모 레비라는 사람이 있었어. 유명한 화학자이자 작가인데, 이 사람이 아우슈비츠 강제수용소로 끌려가게 됐어. 유대인 강제수용소는 전쟁터보다 더 무서운 곳이잖아. 가스실로 끌려가서 죽은 사람들이 수백만 명이라고 하니, 인류가 저지른 가장 최악의 전쟁 범죄라고 말할 수 있어. 다행히 프레모 레비는 죽음을 피할 수 있었다고 하는구나. 프리모 레비가 끔찍한 수용소생활을 견디고 살아 나올 수 있었던 건 단테가 지은 장편 서사시 「신곡」에 나오는 구절들을 떠올리곤 했기 때문이라는 얘기를 들었어.

그리고 소련이 운영하던 시베리아 강제수용소에 갇혔던 여자 죄수들은 시를 낭송하고 연극을 하며 혹독한 생활을 견뎌나갔다는 이야기도 있더구나. 시를 읽고 연극을 하는 동안 누렇게 떠 있던 얼굴에 생기가 돌기 시작했다는 거야. 남미의 혁명가 체 게바라는 게릴라로 활동하는 동안 자신이 좋아하는 시를 베낀 녹색 공책을 배낭에 넣어 다니며 틈날 때마다 읽었다는 얘기가 유명하지. 이런 예를 들자면 참 많아. 극한의 상황을 견디게 해주는 건 결국 물질이 아니라 마음이라는 걸 알 수 있고, 그중에서도 시와 같은 예술작품이 삶을 풍요롭게 하면서 인간을 인간답게 만든다고 할 수 있어.

그런데 혹시 솔비는 시를 읽고 울어본 적 있니?

솔비   시를 읽고 운다고? 영화 보고 울어본 적은 몇 번 있지만, 시를 읽고 그래 본 적은 없어.

아빠   예전에 jtbc에서 〈학교 다녀오겠습니다〉라는 예능 프로그램을 한 적이 있어. 연예인들이 학생 신분으로 돌아가서 그 학교 학생들과 함께 학교생활을 하는 모습을 다룬 프로였지. 그 프로그램에 홍은희라는 탤런트가 나온 적이 있어. 마침 국어시간에 시 수업을 하는데, 안도현 시인의 「스며든다는 것」이라는 제목의 시를 배우던 중에 홍은희 씨가 눈물을 흘리는 장면이 나와. 시는 꽃게가 간장에 절여지는 동안 배 속에 든 알을 걱정하며 다독이는 내용을 담고 있어.

　　　모성애를 주제로 한 시인데, 자신도 아이를 낳아서 기르는 엄마 입장이다 보니까 그 시가 금방 이해되고 가슴으로 와닿았던 거야. 다른 학생들, 특히 남학생들은 그런 홍은희 씨를 보고 왜 저러지 하는 표정을 짓던 게 생각나는구나. 같은 작품이라도 사람마다 공감대를 이루는 부분이 조금씩 다를 수 있으니까 충분히 그럴 수 있지. 그 학생들도 나중에 어른이 되고 부모가 되면 그 시를 더 잘 이해하게 될 거야.

아무튼 홍은희 씨는 안도현 시인의 시에 감동을 받아서 자기도 시를 써봐야겠다는 생각을 하게 돼. 그리고 다음 시간에 자신이 직접 쓴 자작시를 들고 나와서 학생들에게 읽어주지. 제목이 「사진」인데, 돌아가신 아버지를 생각하는 내용이었어. 시를 쓴 본인도 울고, 교실에 있던 학생들도 따라서 우는 장면을 보면서 나도 가슴이 뭉클해지더라. 시는 그런 힘이 있어. 감동을 줄 수 있다는 것, 그게 시가 지닌 가장 커다란 힘이야.

솔비 난 아빠 시를 보고 감동을 느껴본 적이 없는데, 어쩌지? 히힛!

아빠 꼭 그렇게 진실을 밝혀야겠니? 누구나 명작을 쓰면 좋겠지만 그게 쉬운 일이 아니라는 건 솔비도 알 테고, 언젠가는 나도 솔비가 읽고 눈물 흘릴 정도의 시를 쓰고 말 거야.

솔비 에이, 말이 그렇다는 거지. 아빠 시도 좋아. 특히 청소년들을 생각하면서 쓴 시들은 내 친구들도 다 좋아하던걸. 친구들이 아빠한테 사인 받고 싶다고 하더라.

아빠 히야, 그거 듣던 중 반가운 소리다. 친구들한테 사인 받으러 오라고 해. 내가 떡볶이 사줄 테니까. 단 조건이 하나 있어. 내 시를 한 편씩 외워서 올 것!

솔비 쳇!

3장

시를 쓰고 읽는 마음

솔비 오늘은 어떤 얘기를 준비하셨나요? 존경하는 시인 아빠!

아빠 허허, 그걸 애교라고 하는 거니? 그러고 보니 솔비 어릴 적에는 아빠한테 뽀뽀도 자주 해주고 참 귀여웠는데.

솔비 아니 그럼, 지금은 안 귀엽다는 거야?

아빠 그럼 한번 증명해봐. 여기 아빠 볼에 뽀뽀!

솔비 아유, 징그러워! 그만하고 빨랑 오늘 할 얘기나 해.

아빠　하하, 그러자. 옛날에 한 소녀가 살았어. 솔비처럼 예쁘고 귀여운.

솔비　지금 장난하는 거 아니지?

아빠　장난이라니! 진지한 얘기니까 잘 들어봐. 시골에서 태어난 그 소녀는 집이 무척 가난했지만 마음만은 무척 착했어. 그 소녀가 우연히 보게 된 만화책에 이런 내용이 있었대. 하늘에서 비가 내릴 때 가장 먼저 땅에 닿는 빗방울이 있을 거 아냐. 그걸 첫 빗방울이라고 해보자. 만화책에 첫 빗방울을 맞으며 소원을 빌면 소원이 이루어진다는 내용이 나오더래. 현실에서는 있을 수 없는, 말 그대로 만화 같은 이야기잖아. 하지만 누구나 어릴 때는 말도 안 되는 이야기를 믿기도 하는 법이고, 순수한 마음을 가진 아이일수록 그런 경향이 강하겠지. 그 소녀 역시 마찬가지였어.

　　그때부터 소녀는 자신도 첫 빗방울을 맞으며 소원을 빌고 싶다는 생각을 했대. 그래서 날이 흐리고 비가 올 듯하면 마당에 나가 서성거리곤 한 거야. 그런데 고민이 생겼어. 먼저 무슨 소원을 빌어야 할지 정해놔야 하잖아. 아무 생각 없이 있다가 첫 빗방울을 맞으면 소원도 빌지 못하고 도로아미타불이 될 테니까. 그래서 생각해봤대. 나는 무슨 소원을 빌어야 할까? 동화책에 나오는 예쁜 집에서 살고 싶고, 인형도 많이 갖고 싶고, 과자도 사 먹고 싶고…… 하고 싶은 게 너무 많더래.

그러려면 돈이 많아야 하니까 부자가 되게 해달라고 빌고 싶었다는구나. 부자가 되면 뭐든지 하고 싶은 걸 다 할 수 있으니까 얼마나 좋아. 하지만 다시 생각해보니 그건 너무 안 좋은 생각 같더래. 자기 욕심만 채우려 든다고 하느님이 화를 내실 것 같았다는 거야. 그런데 참 솔비는 그런 상황이라면 어떤 소원을 빌고 싶을까?

솔비　나라면? 글쎄?

아빠　많잖아. 시험 잘 보게 해달라거나 멋진 남친 생기게 해달라고 하는 거, 아니면 아빠처럼 시인이 되게 해달라는 것도 괜찮겠고.

솔비　아빠는 꼭 그렇게 말도 안 되는 소리만 하더라. 그러면서 어떻게 시인이 됐는지 몰라.

아빠　말이 안 되는 소리를 말이 되게 만드는 거, 그게 시인이 하는 일이야. 몰랐니?

솔비　아휴, 됐어요. 그만하고 나는 빌 소원이 없어. 그냥 이대로 가 좋아.

아빠　그럼 얘기를 계속해보자. 한참 동안 고민하던 소녀는 결국 첫 빗방울을 맞으며 다른 소원을 빌었어. 소녀가 빌었던 소원의 내용은 무엇이었을까? 예쁜 얼굴을 갖게 해달라는 것? 공부를 잘하게 해달라는 것? 부모님이 오래 살게 해달라는 것? 모두 중요한 것들이긴 하지만, 소녀의 소원은 그런 것과는 한참 거리가 멀었어. 솔비가 생각하기에 소녀가 무슨 소원을 빌었을 거 같니?

솔비　아빠는 꼭 어려운 것만 물어보더라. 음, 착한 소녀였다니까…… 지구에 평화가 찾아오게 해주세요. 뭐 이런 거 아니었을까?

아빠　와, 우리 솔비가 거의 정확하게 맞췄네.

솔비　정말?

아빠　그런 셈이야. 소녀는 이렇게 말했대. "하느님! 이 세상에 꽃이 많이 피게 해주세요." 정말 놀랍고 대단한 말이지 않니? 조금 어이없어 보일 수도 있겠지만, 착한 소녀다운 아름다운 마음이 담긴 소원이 아닐 수 없다는 생각을 했어. 이건 꾸며낸 이야기가 아니라 실제로 내가 아는 사람의 이야기야. 우리 주위에는 그런 착한 마음을 가진 사람이 많고, 그 소녀는 나중에 커서 어린이책을 쓰고 만드는 일을 하게 돼. 어릴 적 마음이 변치 않고 그대로 이어졌기 때문일 거야.

　이 세상에 꽃이 많이 피게 해달라는 그 소녀의 마음이 바로 시를 쓰는 마음이라고 생각해. 그런 의미에서 내가 가르쳤던 중학교 1학년 학생이 쓴 시를 한 편 들려줄게.

봄비

유하은

봄비가 새록새록 내린다.
가녀린 새싹들 다칠까 봐
조심스레 내린다.

풀잎 위 봄비들은
그런 풀잎들이 무거울까 봐
또르르……
굴러 내려온다.

어때? 잘 쓴 시처럼 보이니?

솔비 　정말 잘 썼다. 아빠가 잘 가르친 거야, 아니면 그 학생이 시에 소질이 있는 거야?

아빠 　아빠가 가르친 건 없고, 그 학생이 소질도 있었겠지만 우선 마음이 착해서 그럴 거야. 새싹들이 다칠까 봐 조심스레 내려오는 봄비의 마음, 그리고 풀잎들이 무거울까 봐 또르르 굴러 내려오는 봄비의 마음, 그게 바로 앞서 말한 소녀의 마음과 똑같은 마음 아니겠니? 이런 착한 마음들이 모여서 세상을 아름답게 만드는 걸 테고.

　시를 잘 쓰는 것에 앞서 이런 시인의 마음을 갖는 게 무엇보다 중요하다고 생각해. 시를 쓰면서 이런 아름다운 마음을 기를 수 있으면 더욱 좋겠고. 시 쓰기는 결국 마음을 가꾸는 일이면서 동시에 삶을 가꾸는 일이라고 할 수 있지.

솔비 　그렇기는 한데, 그런 마음을 갖는 거하고 시를 쓰는 건 다를 수 있잖아.

아빠 　제법 날카로운 지적이구나. 그럼 이런 얘기를 해보자. 어떤 친구가 이런 질문을 하더구나. "저는 나중에 육사를 가서 군인이 될 건데, 저 같은 사람도 시를 읽어야 하나요?" 군인과 시! 언뜻 안 어울리는 조합 같아 보이지? 하지만 고구려 때의 을지문덕 장군이나 임진왜란의 영웅 이순신 장군이 훌륭한 시인이기도 했다는 걸 생각해볼 필요가 있어.

살수대첩으로 유명한 을지문덕 장군이 지은 「여수장우중문시與隋將于仲文詩」라는 한시가 『삼국사기三國史記』에 실려서 전해지고 있어. 수나라 장수 우중문에게 보내는 시인데, 전쟁을 그만두고 돌아가라는 내용을 담은 작품이야. 전쟁터에서 상대 장수에게 시를 써서 의견을 전달한다는 게 멋지지 않니? 이순신 장군도 여러 편의 뛰어난 시조와 한시를 남겼어. 그중에서 한 편을 소개해볼게.

한산섬 달 밝은 밤에 수루에 홀로 앉아
큰 칼 옆에 차고 깊은 시름 하는 차에
어디서 일성호가는 남의 애를 끊나니

솔비 이 시조는 나도 알아. 교과서에서 본 것 같아.

아빠 그랬을 거야. 워낙 유명한 시조니까. 이순신 장군이 왜적의 침략에 짓밟힌 조선의 백성들을 항상 걱정하며 안타까워했다는 건 누구나 잘 알잖아. 그래서 밤에 혼자 있는 시간에도 깊은 시름에 잠겨 있곤 했던 모양이야. 그렇게 고뇌하는 이순신 장군의 마음이 이 시조에 잘 나타나 있지.

솔비야, 군인들에게 요구되는 가장 중요한 덕목이 있다면 그게 뭘까?

솔비 그거야 목숨을 걸고 용감하게 싸우는 거 아냐?

아빠 대부분의 사람들이 그렇게 말하지. 비겁한 군인은 상상할 수 없는 법이니까. 그래서 군인이 시를 읽고 쓰면 마음이 여려져서 전쟁에 나가 총을 쏠 수 없을 거라고 생각하는 사람들이 많아. 하지만 군인의 덕목을 용맹함에서만 찾으면 안 된다고 생각해. 인간에 대한 깊은 이해와 애정이 밑바탕에 깔려 있지 않으면 단지 총을 쏘고 사람을 죽이는 기계밖에 안 되는 게 아닐까?

전쟁은 가능하면 하지 말아야 해. 어쩔 수 없이 전쟁이 일어났다고 해도 무조건 다 죽이겠다는 적개심만 가지고 달려들어서는 안 되고. 피 흘리지 않고 이기는 전쟁, 그게 가장 훌륭한 승리라는 말을 들어본 적이 있을 거야. 적군에게 최소한의 피해만 입히고도 이길 수 있다면 그것보다 좋은 게 어디 있겠니? 하지만 실제 전쟁에서는 적군 아군 가릴 것 없이 무수한 피 흘림이 있고, 심지어 무고한 민간인들을 죽이기도 해. 오히려 군인보다 민간인이 더 많이 죽는 게 전쟁이야. 그래서 전쟁이 끔찍한 거지.

야망을 가진 군인들은 일부러 전쟁을 일으키기도 한다는 걸 역사를 통해 알 수 있어. 전쟁이 없으면 군인, 특히 장군과 같은 고위급들은 자신의 능력을 발휘할 길이 없다고 생각하기도 하거든. 전쟁에서 적을 물리치고 공을 세워야 훈장도 받고 진급을 할 수 있잖아. 그렇게 해서 역사에 훌륭한 군인으로 남을 수도 있을 거고.

통킹만 사건이라는 게 있어. 미국이 베트남 전쟁에 공개적으로 참여하는 계기가 된 사건이라고 할 수 있지. 북베트남의 어뢰정이 통킹만에서 작전 수행 중이던 미국 구축함을 공격했고, 그에 대한 반격으로 미국이 북베트남 지역에 대대적인 폭격을 하면서 전쟁이 확대된 거야. 그런데 나중에 북베트남이 먼저 어뢰 공격을 했다는 건 허위라는 주장이 나왔어. 전쟁에 참여할 명분을 쌓기 위해 없는 사실을 조작했다는 거지.

가장 비인간적인 곳이 전쟁터라지만 군인도 인간인 이상 지켜야 할 것이 있지 않을까? 죄 없는 사람을 함부로 죽여선 안 된다는 것. 그걸 항상 마음에 품고 있어야 하는 거지. 그럴 때 적군이라도 함부로 다루지 않게 되고, 전쟁포로들을 학대하지 않게 될 거야. 물론 민간인들을 죽이는 일은 당연히 안 되는 일이고. 그렇지 않을 경우 군인들은 무조건 "돌격 앞으로!"만 외치는 전쟁 기계가 되고 말겠지.

　　용맹하면서도 인간다움을 잃지 않는 군인을 길러주는 데 시가 훌륭한 역할을 할 수 있을 거라고 생각해. 자신의 목숨을 바쳐서라도 백성과 국민들의 생명을 지켜야 한다는 고귀한 마음도 시의 마음과 통하는 지점이 있을 거야. 용맹함과 인간에 대한 애정을 기르는 일은 서로 배치되는 게 아니라는 사실을 마음에 새기면 좋겠어. 따라서 진정한 군인이 되기 위해서도 시를 읽을 필요가 있다는 얘기야.

솔비　들고 보니 아빠 말이 맞는 것 같아. 시 읽는 군인, 시 쓰는 군인. 그렇게 생각하니까 꽤 멋지다.

아빠　같은 이유로 생각해보면 공학도나 과학자도 마찬가지일 거야. 지금 인류를 위협하는 핵폭탄을 만든 게 공학도와 과학자들이었잖아. 그들은 자신들이 연구해서 얻은 학술적인 내용만 제공했을 뿐이라고 하지만 그에 따른 결과에 대해서도 책임을 져야 한다고 생각해. 과학기술이 어떻게 쓰일지에 대한 고민이 빠지면 그건 무책임한 태도에 지나지 않게 돼. 그래서 아인슈타인 같은 경우는 자신이 핵폭탄 개발에 도움을 준 걸 나중에 반성하기도 했지.

사업가나 법조인은 또 어떨까? 당연히 그런 사람들도 시를 읽어야 해. 차가운 이성을 필요로 하는 직업일수록 적절한 감성이 뒷받침되지 않으면 자신들이 배우고 익힌 논리로만 모든 걸 판단하게 되거든.

피도 눈물도 없는 사업가나 법조인을 생각해봐. 사업가는 이익만 따지고, 법조인은 법률 조항만 붙들고 있으면 사회가 얼마나 삭막해지겠니? 시인들 중에 의사들이 꽤 많은 편인데, 그건 아마 의사들이 사람의 생명을 다루는 직업이라서 그럴 거야. 그만큼 인간이란 어떤 존재고 삶과 죽음이 어떻게 연결되는지에 대해 남들보다 고민하는 시간이 더 많을 테니까. 그런 과정 속에서 시가 나오기도 하는 거겠지.

솔비　그런데 시를 나쁘게 이용하는 사람들도 있잖아.

아빠　당연히 그런 경우도 있지. 어떤 걸 예로 들 수 있을까?

솔비　전에 아빠가 했던 말이 생각나. 일제강점기에 일본을 찬양한 시를 쓴 시인들이 있다고 그랬잖아.

아빠 기억하고 있구나. 그래 맞아. 일본이 일으킨 전쟁에 우리나라 젊은이들을 동원하기 위해 학도병으로 나갈 것을 권유하는 시를 쓴 시인들이 꽤 있었지. 해방 후에도 독재자를 찬양하는 시를 쓴 시인이 있었고. 그렇게 시를 더럽힌 이들도 있지만, 시 자체는 아무런 죄가 없어.

솔비 시는 무죄다! 그런 거네?

아빠 아무렴. 오늘은 여기까지 하고 내일부터는 시에 대해 좀 더 본격적인 이야기를 해보자.

4장

시와 아름다움의 관계

아빠　시라고 하면 보통 아름다운 말로 쓴 문학작품이라고 이해하는 사람들이 많아. 틀린 말은 아니지만, 이게 생각보다 어려운 문제야. 우선 아름답다는 게 어떤 상태를 말하는 걸까? 솔비가 생각하는 아름다움이란?

솔비　아빠가 질문할 때마다 긴장이 되네. 아무렇게나 막 대답을 하면 안 될 것 같아서.

아빠　그랬나? 정답을 요구하는 게 아니니까 그냥 생각나는 대로 말해도 돼.

솔비　에이, 그렇다고 내가 아름답게 생겼다고 말하면 웃기잖아. 안 그래? 히히.

아빠　하하. 솔비가 제법 웃길 줄도 아는구나. 하여간 아름다움이란 건 꽃이나 새처럼 예쁜 거하고는 좀 다를 거야. 아름답다는 말과 예쁘다는 말은 쓰임새에 차이가 있거든. 못생겼지만 아름다운 것도 있는 법이니까. 한평생 농사일을 하신 농부님들의 손을 보면 거칠고 투박하잖아. 할머니나 할아버지처럼 나이 드신 분들의 손에는 쭈글쭈글 주름도 많이 잡혀 있고. 하지만 그런 분들의 손을 보고 아름답다고 하는 사람들이 많아. 그렇다면 아름다움이란 과연 어떤 걸 가리키는지 곰곰이 생각해볼 필요가 있을 거야.

　　미스코리아 선발대회 같은 행사를 하면 상위권에 든 사람들을 순서대로 진眞, 선善, 미美라고 부르곤 해. 1, 2, 3등 대신 다른 이름을 붙여주는 거지. 그중에 가장 높은 점수를 받은 사람을 진眞이라고 부르지. 그런데 정말 진이 선이나 미보다 높은 단계에 속한다고 할 수 있을까? 아마도 미인대회를 여는 사람들이 아름다움이란 겉모습보다 내면, 즉 마음이 중요하다고 여겨서 참된 것을 뜻하는 진을 가장 앞자리에 놓았을 거야. 하지만 옛날 사람들은 그렇게 여기지 않았어. 편의상 진, 선, 미로 구분을 했지만, 그 셋을 동급으로 여겼거든. 그래서 참된 것이 선한 것이고 선한 것이 아름다운 것이라는 게 옛날 사람들의 생각이었어.

뒤집으면 참되지 않거나 선하지 않으면 그건 아름답지도 않다는 말이 되는 거겠지. 그래서 아름다움이라는 개념 속에는 참됨과 선함이 함께 들어 있다고 생각하면 돼. 아름답게 보이기는 하는데, 그 안에 참됨이나 선함이 없으면 그건 거짓으로 꾸며 낸 아름다움에 지나지 않는 거야.

솔비야, 너 아름다울 미를 한자로 쓸 줄 아니?

솔비　나를 뭘로 보고? 내가 아무리 한자에 약해도 그 정도는 쓸 줄 알아. 써볼까?

아빠　아, 미안! 요즘 학생들이 하도 한자를 모르기에……. 아름다울 미를 한자로 쓰면 美가 되잖아. 한자는 소리글자인 한글과 달리 뜻글자야. 그래서 글자 안에 뜻이 담겨 있지. 그렇다면 美라는 글자에는 무슨 뜻이 담겨 있을까? 美를 둘로 나누면 양羊과 대大로 분리가 되잖아. 그러니까 美는 커다란 양을 가리키는 뜻으로 만든 말이라는 걸 알 수 있어. 아름다움과 커다란 양? 둘 사이에 무슨 관계가 있을까? 이번에도 솔비에게 물어보면 화내겠지?

솔비　잘 아시네. 그냥 하던 말이나 계속해.

아빠 머리를 굴려봐도 쉽게 연상이 되지는 않을 거야. 사람에게는 예나 지금이나 먹고사는 문제가 가장 중요해. 의식주가 해결된 후에야 다른 걸 생각하고 행동할 수 있는 거지. 그중에서도 먹는 문제가 첫 번째라고 할 수 있어. 옛날 북방의 유목민족들은 양이나 염소 같은 동물들을 길러서 식량을 조달했다고 해. 그런데 양이 비쩍 마르면 얻을 수 있는 고기가 적고, 그런 양은 예뻐 보일 리도 없었겠지. 반면에 살이 투실투실 찐 양을 보면 절로 입가에 흐뭇한 미소가 감돌았을 거야. 옛날 사람들은 아름다움이라는 감정을 이렇게 인간의 삶을 이롭게 하는 것이냐 아니냐 하는 것으로 기준을 삼았어.

미인의 기준도 옛날에는 몸집이 풍만한 여성을 우위에 두었다고 해. 자녀를 잘 낳을 수 있는 몸매를 아름다운 몸매로 인식했던 거지. 인류가 오래도록 유지되도록 하는 것, 당시로서는 그게 가장 중요했으니까.

누군가 나에게 이런 얘기를 들려준 적이 있어. 아파트에 살던 부부가 마당이 있는 집을 갖고 싶어 단독주택을 사서 이사를 갔대. 그런 다음 아내는 마당 한쪽을 화단으로 만들어서 온갖 꽃을 심었다는구나. 언젠가는 자기만의 화단을 가꾸며 사는 게 어릴 적부터 간직한 꿈이었다는 거야. 그러다가 시골에 살던 시부모님이 아들 집에 와서 며칠 머물다 갈 일이 생겼다고 해. 그런데 어느 날 외출했다 돌아와보니 시어머니가 꽃을 전부 들어내고 그 자리에 배추며 상추, 무 같은 걸 심어놓았다는 거야.

저녁 무렵에 돌아온 며느리가 보기에 얼마나 놀라고 어이 없었겠니. 아무리 시어머니라고 하지만 그렇게 마음대로 화단을 없애버리니 기가 막혔겠지. 그동안 화단을 가꾸느라 들인 정성을 생각하면 화도 났을 거고. 시어머니께 어찌 된 일이냐고 물으니, 아까운 땅에 왜 아무짝에도 쓸모없는 꽃을 심느냐, 채소를 길러서 먹으면 훨씬 좋지 않느냐고 했대. 그러면서 화단 대신 텃밭이 되어버린 곳을 가리키며 얼마나 보기 좋으냐고 했다는 말에 며느리는 할 말을 잃었다는 거야.

삶에 대한 가치관과 아름다움을 보는 기준 자체가 서로 다른 거지. 시어머니가 보기에 먹을 수 없는 꽃보다는 먹을 수 있는 채소가 더 아름다워 보였던 걸 테지. 조금 전에 말한, 커다란 양을 아름답게 여기던 옛날 사람들의 마음과 통하는 얘기라고 할 수 있어.

여기서 다시 한 번 '예쁘다'라는 말과 '아름답다'라는 말이 지닌 어감의 차이를 생각해보자. 그럴 때 꽃은 '예쁘다'라는 말에 어울리고, 아름답다고 할 때는 겉으로 드러나는 모습과는 차원이 다른, 진실한 삶의 자세 같은 것들에 어울리는 표현이라고 할 수 있겠지. 일상생활에서는 두 말을 같은 뜻으로 사용하기도 하지만, 예술적인 차원에서 얘기할 때는 명확하게 구분이 돼. 예술작품은 예뻐야 하는 게 아니라 아름다워야 하는 거야. 감동은 예쁜 것에서 나오는 게 아니라 아름다운 것에서 발생하거든.

예뻐지려고 성형수술을 하는 사람들이 있잖아. 솔비 너도 눈이 못생겨서 쌍꺼풀 수술을 하고 싶다고 했지?

솔비 앗, 여기서 그런 얘기를 왜 해?

아빠 그렇다고 없는 말을 한 건 아니잖아. 어어, 그렇다고 일어나면 어떡해. 미안! 하던 말이나 그냥 계속할게. 수술을 한 사람들은 소원대로 예뻐졌을 수는 있지만 아무래도 어딘가 어색하고 티가 나기 마련이잖아. 시를 쓸 때 예쁜 말이나 멋진 말을 찾아서 쓰려는 경향이 있는데, 그래야 시가 된다고 믿기 때문이겠지. 하지만 그렇게 꾸며서 쓴 시들은 성형수술을 한 사람들과 마찬가지로 겉모습만 그럴싸할 뿐 감동을 주지는 못해.

오랜 고생 끝에 처음으로 자신의 집을 마련했다며 친구들을 집으로 초대한 사람이 있었어. 그런 걸 집들이라고 하지. 친구들이 축하선물을 들고 방문해서 거실이며 안방까지 이리저리 집 구경을 할 때였어. 거실이나 안방에는 보통 멋진 그림이나 가족사진을 걸어놓는 경우가 많잖아. 그런데 그 집 안방 벽에 이상한 액자가 걸려 있는 거였어. 삐뚤빼뚤한 글씨로 쓴, 그것도 오래되어 누렇게 색이 바랜 편지 한 장이 액자에 담겨 있는 거야. 의아하게 여긴 친구들이 무슨 액자냐고 물었지. 그랬더니 갑자기 집 주인의 눈자위가 붉어지면서 액자, 정확하게 말하면 액자 안에 담긴 편지에 얽힌 사연을 들려주더래.

자신의 어머니는 학교를 다닌 적이 없어 한글을 익히지 못했대. 그런데 아들이 군대에 들어가자 안부 편지라도 하고 싶은데 글을 모르니 편지를 쓸 수가 없잖아. 군대 가서 고생할 아들이 걱정이 된 어머니는 그때부터 한글을 배우기 시작했다는구나. 아들에게 편지를 하고 싶어서. 어찌어찌 한글을 익힌 어머니는 결국 아들에게 편지를 써 보낼 수 있었어. 이제 막 한글을 익힌 터라 맞춤법도 안 맞고 글씨도 엉망이었겠지. 그 편지를 받아 든 아들은 자신도 모르게 뜨거운 눈물이 두 뺨 위로 흘러내리더래. 맞춤법에 상관없이 그저 소리 나는 대로 한 글자 한 글자 힘겹게 눌러 쓴 편지지만, 거기 담긴 어머니의 마음이 가슴 아프게 다가온 거지. 그런 사연이 담긴 편지를 소중하게 간직해오다가 내 집을 마련한 다음에 어머니의 사랑을 잊지 않기 위해 안방 벽에 걸었다는 거야.

그 얘기를 전해 들은 친구들도 모두 뭉클한 심정이 되었으리란 건 쉽게 상상할 수 있잖아. 감동이란 그런 거야. 예쁜 글씨, 멋진 문구로 된 글이 아니라 글을 쓴 사람의 진실한 마음이 담겨 있는 글이 진짜 감동을 선사해줄 수 있다는 걸 잊으면 안 돼.

솔비　무슨 얘긴지는 알겠는데, 그렇다고 해서 시도 그렇게 쓸 수는 없잖아. 이왕이면 멋지고 좋은 말을 쓰면 더 좋지 않을까?

아빠　좋은 말이야. 시에 쓰인 말을 시어詩語라고 하는데, 우리가 쓰는 모든 말이 시어가 될 수 있어. 시어라고 해서 특별한 낱말을 가리키는 게 아니라는 거지. 이때 주의할 건 시는 '고운 말 쓰기'하고는 다르다는 사실이야. 누가 보기에도 아름답고 멋진 말을 쓰면 좋겠지만, 경우에 따라 거친 말이나 비속어를 쓸 수도 있어. 구체적인 상황이나 현실을 드러내기 위해 꼭 필요한 경우라면 말이지.

　　얼마 전에 내가 아는 여자 분이 그림 전시회를 열었는데, 개막식 날 많은 사람이 전시장에 찾아와서 축하인사를 건넸어. 전시회 같은 행사를 할 때는 보통 방문객이 자신의 이름과 축하인사를 적어서 남기는 방명록을 갖춰놓거든. 그날 전시회장에 마련된 방명록에 다음과 같은 글귀를 남긴 방문객이 있었어.

　　　이년아!
　　　그림 잘 보고 간다.
　　　대성하자.

솔비   정말? 아무리 그래도 너무했다.

아빠   그렇게 생각할 수도 있겠지. 방명록을 쓴 사람은 어릴 적에 같은 동네에서 살던 친구였대. 대뜸 '이년'이라는 욕설을 들으면 기분 나쁠 수도 있겠지만, 어릴 적부터 흉허물 없이 지낸 친구 사이라면 욕설이 욕설로 들리지 않고 친근감 있는 표현으로 다가올 수도 있을 거야. '이년'이라는 말을 꺼낼 수 있을 만큼 가까운 사이라는 걸 알고 나면 그들의 우정이 부러울 수도 있을 거고.

　　내가 쓴 짧은 시 한 편을 함께 읽어볼까?

미친년

답안지를 밀려 썼어.
그것도 모른 채 시험 잘 봤다고
자랑까지 하고 다녔지.
엠피쓰리 바꿔 준다는 엄마 말에
졸라 열심히 했는데
답을 밀어 내면서
엠피쓰리도 밀어낸 셈이 됐으니

나 미친년 맞지?

솔비　이 시는 아빠 청소년시집에서 봤어. 나도 답안지 밀려 쓴 적이 있어서 인상적이었거든.

아빠　제목부터 '미친년'이라 했고, 시 안에는 '졸라'라는 말까지 집어넣었잖아. 어떤 말을 썼느냐가 중요한 게 아니라 그 말을 통해 무엇을 나타내려고 했느냐를 살펴볼 필요가 있는 거지. 이 시는 내가 교사로 근무할 때 우리 반 아이가 답안지 밀려 쓴 걸 알고 나서 내뱉었던 말을 듣고 쓴 거야. 그 학생의 안타까움에 공감하면서, 그런 심정을 생생하게 그려보고 싶었던 거지. 너뿐만 아니라 다른 친구들도 비슷한 실수를 하고 나서 자책을 한 경험이 있을 거야. 그런 친구들에게는 이 시가 훨씬 마음에 가 닿지 않을까? 그랬다면 이 시는 시인과 독자 사이에 공감대를 이루는 데 성공했다고 할 수 있겠지.

　　아름다움이란 건 꾸미지 않은 진실에서 오는 거야. 흔히 사기꾼들은 말을 잘한다고 하잖아. 그럴 듯한 말로 남을 속이는 것도 재주이긴 하지만, 그런 재주는 다른 사람들에게 해를 끼치는 재주에 지나지 않아. 시도 마찬가지야. 그럴 듯한 말로 꾸며서 쓰는 시는 결코 좋은 시가 될 수 없어. 아름다움은 진실에서 나오는 것이고, 그런 진실을 정성을 다해 표현하는 것, 그게 좋은 시를 쓰는 첫걸음이 될 수 있다고 할 수 있지.

솔비　오늘 이야기의 요점은 억지로 꾸미지 말라는 거네?

아빠　그렇지. 다만 한 가지 주의할 건 내용만 좋으면 되고, 그걸 표현한 말이나 형식은 아무렇게나 해도 되느냐고 하면 그건 아니라는 거야. 글은 흔히 내용과 형식으로 이루어져 있다고 말을 해. 내용이 알맹이라면 형식은 그 알맹이를 감싸주는 포장물이라고 하겠지. 글은 물론 내용이 중요하지만, 형식 또한 그에 못지않게 중요해.

　　선물을 줄 때도 그냥 내용물만 주는 것보다 예쁜 포장지로 싸서 주면 받는 사람의 기분이 훨씬 좋잖아. 그리고 책상을 만든다고 할 때 그냥 나무를 네모나게 잘라서 이어붙이는 것보다, 모서리를 둥글게 깎는다든지 하는 식으로 조금만 신경을 쓰면 얼마든지 예쁘게 만들 수도 있는 거고. 투박하게 만들어도 책상으로 기능은 하겠지만, 이왕이면 사용하는 사람의 마음까지도 즐겁고 편안하게 만들어준다면 좋겠지.

　　말과 글은 뜻을 전달하는 데 일차적인 목표가 있지만, 거기에 덧붙여 아름다움을 느낄 수 있게 한다면 더 좋을 거야. 그런 걸 금상첨화라고 하지. 형식미라는 말도 있는 만큼 형식도 내용 못지않게 중요하다는 걸 생각해야 돼.

　　핵심은 내용과 형식이 잘 어울리도록 하라는 거야. 고상한 내용은 고상한 언어로, 투박한 내용은 투박한 언어로, 잘못된 현실을 비판할 때는 날카로운 언어로, 각각의 상황에 맞는 표현과 언어를 사용해야 한다는 거지. 그랬을 때 우리가 살아가는 세상과 삶의 모습을 있는 그대로 그릴 수 있고, 거기서 진실한 시가 탄생할 수 있는 법이거든.

자, 그럼 오늘 강의는 이걸로 끝! 흠~ 정말 아름다운 끝맺음이군. 하하.

솔비 어휴, 못 말려!

5장

시의 미덕은 절제에 있다

솔비   오늘은 무슨 얘기를 할 거야?

아빠   오늘은 다이어트에 대한 이야기야.

솔비   다이어트? 또 내 살 이야기를 하려는 건 아니겠지? 그러면 정말 아빠 얼굴 다시는 안 본다!

아빠   하하, 그래. 오늘은 네 이야기 안 할게. 됐지?

솔비   그럼 정확하게 약속하고 하는 거야. 알았지?

아빠 그래 알았어! 오늘 이야기가 다이어트하고 어떻게 연결되는지 잘 들어봐.

시와 유행가 가사는 어떻게 다를까? 시를 가사로 삼아 노래를 만들기도 하고, 유행가 중에도 시 못지않게 사람들의 마음을 울리는 가사로 된 것들이 많아. 그런 면에서 보면 시와 노랫말은 공통점이 많고, 시와 노랫말 중에 어느 게 더 낫다고 따지는 건 큰 의미가 없을 수도 있지. 그럼에도 둘 사이에 커다란 차이가 있는 건 분명해. 그렇다면 둘을 구분하는 가장 큰 요소가 뭘까?

그건 감정을 절제하느냐 아니냐의 차이에 있어. 다 그런 건 아니지만, 유행가 가사들은 사랑과 이별을 다룬 게 많잖아. 그 가사들을 잘 살펴보면 눈물, 슬픔 이런 말들이 많이 나와. 옛날 노래 중에 〈사랑해 당신을〉이라는 제목을 가진 게 있었어. 워낙 유명한 노래라서 여러 가수들이 불렀지. 가사 앞부분은 다음과 같아.

사랑해 당신을 정말로 사랑해
당신이 내 곁을 떠나간 뒤에
얼마나 눈물을 흘렸는지 모른다오

이번에는 요즘 잘나가는 아이돌 그룹의 노래 가사 하나를

볼까? 너도 좋아하는 그룹일 거야. 트와이스의 〈What is Love?〉
라는 노래 가사는 이렇게 돼 있어.

> 언젠간 나에게도 사랑이 올까
> 지금 이런 상상만으로도
> 떠올려만 봐도
> 가슴이 터질 것 같은데
> Um- 이렇게 좋은데
> 만일 언젠가 진짜로 내게
> 사랑이 올 때
> 난 울어버릴지도 몰라
> Um- 정말 궁금해 미칠 것만 같아

　　사랑을 노래한 유행가 가사들은 대부분 이와 같은 틀에서
크게 벗어나지 않아. 두 노래 가사를 읽어보면 자신의 생각과 감
정을 있는 그대로 다 드러내고 있다는 걸 알 수 있지. 이별을 한
후에 눈물을 흘렸다거나 사랑이 찾아오면 울어버릴지 모른다고
말하고 있잖아. "가슴이 터질 것 같"다든지, "궁금해 미칠 것만 같"
다든지 하는 표현은 시가 아니라 유행가니까 쓸 수 있는 거야. 가
슴 안에 간직하는 게 아니라 있는 그대로 툭 터트려버리는 거지.

그래서 유행가 가사는 쉽게 다가오고, 금방 그 분위기에 젖어들게 만들어. 반면에 시는 사랑이나 이별을 노래하더라도 감정을 노골적으로 드러내는 경우가 드물어.

솔비야, 우리나라 사람들이 가장 좋아하는 시인이 누굴까?

솔비　김소월? 아니면 윤동주?

아빠　맞아. 두 분 다 훌륭한 시인이지. 그중에 오늘은 김소월 시인의 시를 살펴보려고 해. 솔비야, 김소월 시인의 대표작이 뭔지 아니?

솔비　그거야 「진달래꽃」이지.

아빠　그래. 그 정도는 기본으로 알고 있어야지. 우선 김소월 시인의 「진달래꽃」을 읽어보고 시작하자.

진달래꽃

나 보기가 역겨워
가실 때에는

말없이 고이 보내 드리오리다.

영변(寧邊)에 약산(藥山)
진달래꽃,
아름 따다 가실 길에 뿌리오리다.

가시는 걸음 걸음
놓인 그 꽃을
사뿐히 즈려밟고 가시옵소서.

나 보기가 역겨워
가실 때에는
죽어도 아니 눈물 흘리오리다.

어때? 차이가 느껴지니? 시의 화자는 지금 사랑하는 사람을 떠나보내고 있어. 당연히 슬프고 눈물이 나겠지. 하지만 시 안에서 화자는 눈물을 꾹 참고 있잖아. 심지어 사랑하는 사람이 떠나가는 길에 꽃을 따서 뿌려주겠다는 말까지 하고 있구나. 그러면서 죽어도 눈물을 흘리지 않겠다는 다짐도 하고 있고. 왜 그럴까? 그리고 사람들은 왜 이런 시를 좋아하고 우리나라 시 중에서 최고로 꼽곤 하는 걸까?

그건 감정을 절제하고 있는 화자의 모습을 통해 속마음 깊은 곳에 자리 잡고 있는, 붙잡고 싶어도 차마 붙잡지 못하는 상실감과 슬픔을 독자들이 느낄 수 있도록 하기 때문일 거야. 감정을 다 드러내면 후련하긴 하지만, 그걸로 끝인 경우가 많거든. 마음에 오래 남지 않는다는 얘기야.

솔비 마음에 오래 남는 것, 그런 걸 여운이라고 하던 것 같은데.

아빠 그렇지, 역시, 아빠 딸이야. 시는 독자의 마음에 긴 여운을 남기면서 다시 읽고, 다시 생각하게 하는 힘을 지니고 있어. 그러자면 시를 쓴 사람이 독자에게 감정을 강요하면 안 돼. 인간은 누가 자신에게 강요를 하면 반발을 하게 돼 있단다. 스스로 생각해서 판단하고 싶어 하는 게 보통 사람들의 심리지. 그게 인간의 본성이야. '내가 슬프니까 너도 슬퍼해야 한다'와 같은 말은 상대의 감정을 강제하는 거야. 상대방은 그러고 싶지 않거나 그럴 마음의 준비가 되어 있지 않을 수도 있거든. '당연히'라는 말은 통하지 않는다는 말이지.

그러니까 시에서는 섣불리 감정을 드러내려 하지 말고, 때로는 냉정할 정도로 차분하게 접근하는 게 오히려 공감을 이끌어 내기 쉽다는 걸 잊으면 안 돼. 시를 쓸 때는 감상적感傷的인 걸 배제해야 한다고 말하는데, 감상적이란 건 지나치게 슬퍼하거나 쉽게 기뻐하는 걸 말해. 감정이 지나칠 때는 감동이 찾아올 수 없어.

　　슬프다는 말을 쓰지 않고도 슬픔을 느끼게 하는 것, 그게 시가 취하고 있는 절제의 장점이라고 할 수 있지. 절제! 내가 이야기를 시작할 때 다이어트를 꺼냈잖아. 시에서도 다이어트가 필요하다는 건, 바로 이런 감정의 절제가 필요하다는 말과 통하는 바가 있어.

　　오해하지 말아야 할 건, 그렇다고 해서 유행가가 쓸모없다거나 시가 유행가보다 훨씬 뛰어난 가치가 있다고 여겨서는 안 된다는 거야. 둘은 서로 쓰임새가 다르다는 걸 이해하고 받아들이는 게 필요해. 갑자기 소리쳐 울고 싶을 때도 있는 거고, 자기감정을 마음껏 풀어놓고 싶은 순간도 있는 거니까. 모든 건 필요에 의해 생겨나는 거고, 유행가가 지닌 가치와 시가 지닌 가치를 구분해 적절히 둘 다 즐기는 자세가 바람직할 거야.

솔비　　그래서 아빠도 툭하면 유행가를 흥얼거리는구나.

아빠　　그럼. 아빠라고 언제나 시만 생각하고 사는 건 아니니까. 그리고 네가 아이돌 콘서트 간다고 할 때 잘 다녀오라고 보내줬잖아. 아빠가 그렇게 꽉 막힌 사람은 아냐.

솔비　알았어. 알았으니까 하던 얘기나 계속해.

아빠　그럴까? 그럼 이번엔 다른 시인의 시 한 편을 더 보자. 김종삼 시인이 쓴 시야.

민간인

1947년 봄
심야深夜
황해도 해주의 바다
이남과 이북의 경계선 용당포

사공은 조심조심 노를 저어가고 있었다.
울음을 터뜨린 한 영아嬰兒를 삼킨 곳
스무 몇 해나 지나서도 누구나 그 수심水深을 모른다.

솔비　이 시는 김소월 시보다 조금 어렵네.

아빠　그럴 거야. 우선 역사적 배경부터 알아야 이해하기 쉽지. 시 속에 나타난 연도를 보면 1947년이라고 되어 있잖아. 그 무렵은 일제로부터 해방이 되고 난 다음에 남쪽에는 미군이, 북쪽에는 소련군이 주둔하면서 북위 38도를 기준으로 남과 북이 갈라져 있을 때야. 그때만 해도 휴전선이 아닌 38선이라고 했어. 남과 북의 병사들이 38선을 지키고 있어서 자유롭게 왕래하지 못할 때인데, 헤어진 가족을 찾는다든지 하는 사연으로 인해 38선을 넘어야만 했던 사람들도 있었어. 그때만 해도 아직 6·25전쟁이 일어나기 전이긴 하지만 남북의 병사들이 서로 총부리를 겨누고 있던 상황이라 38선을 넘는 건 목숨을 걸어야 하는 일이었지.

이 시는 그런 역사적 배경을 알아야 제대로 이해할 수 있어. 밤중에 뱃길로 몰래 남쪽을 향해 내려오던 일행이 있었고, 일행 중 누군가의 자녀였던 영아가—영아는 젖먹이 아기를 가리키는 말이야—갑자기 울음을 터뜨렸던 모양이구나. 배에 탄 일행들은 무척 놀랐을 거야. 노 젓는 소리조차 안 내려고 조심조심 내려오는데 아무것도 모르는 아기가 울음소리를 내니, 그 소리를 듣고 군인들이 쫓아오거나 총을 쏠지도 모르잖아. 자칫하면 모두 죽을 수도 있는 상황이었던 거지. 당황한 일행들은 아기의 입을 틀어막으려 했을 테고, 그 과정에서 아이가 숨졌거나 울음을 그치지 않아 바다로 던져야만 했던 듯해. 작품 속의 상황은 비참함을 넘어 끔찍할 정도로 비극적인 사건을 보여주고 있어.

그럼에도 시에 쓰인 말들은 무척 담담하잖아. 있었던 사실만 나열할 뿐, 슬프다거나 눈물을 흘렸다거나 하는 말이 없어. 다만 마지막 행에 "스무 몇 해나 지나서도 누구나 그 수심水深을 모른다"는 말만 덧붙여놓았지. 수심, 즉 물의 깊이는 슬픔의 깊이를 뜻하는 것으로 이해하면 될 거야. 그날의 사건이 얼마나 끔찍한 일이었는지, 그 자리에 없었던 사람들이 짐작할 수 있을까? 설사 짐작할 수 있다 하더라도 그 비극을 되돌릴 수 있을까?

이 시를 읽은 사람들은 아마 가슴이 먹먹한 심정을 느꼈을 거야. 자극적인 말을 쓰지 않고도 분단의 아픔을 이토록 처절하게 드러낼 수 있다는 것, 그게 바로 시가 가진 특성이자 장점이란다. 시에서는 감정의 절제가 그만큼 중요하다는 걸 보여주는 작품이야.

더불어 이 시에서는 감정의 절제뿐 아니라 언어도 무척 절제하고 있음을 알 수 있어. 시에 나타난 상황을 소설로 풀어 쓴다면 꽤 많은 분량의 글이 될 거야. 그걸 단 7행으로 압축할 수 있는 게 시의 힘이자 매력인 거지. 말을 많이 늘어놓는다고 좋은 게 아니라는 건 일상생활에서도 경험해봤을 거야. 그랬다가는 지나치게 호들갑스럽다는 말만 듣기 쉽잖아. 시에서는 그 점이 특히 중요해. 시는 설명이 아니라 제시하는 거야. 느끼고 판단하는 건 독자의 몫으로 남겨두는 것, 그랬을 때 독자가 시에 개입할 수 있는 여지가 생기는 법이거든.

그렇게 함으로써 독자의 상상력을 자극할 수 있고, 행간에 숨어 있는 의미를 찾기 위해 적극적인 시 읽기를 하도록 만들 수 있어. 이런 걸 경제성이라고 할 수도 있겠구나. 언어의 경제성을 추구하는 게 시라는 장르가 가진 커다란 특성 중 하나야.

솔비 그러니까 시를 쓸 때는 언어의 다이어트가 중요하다는 거네.

아빠 바로 그거야. 감정과 언어의 절제, 그게 시에서는 무척 중요하지.

솔비 시는 그렇지만, 아빠에게는 술 담배를 절제하는 게 더 중요해.

아빠 어이쿠, 솔비한테 또 한 방 먹었군.

6장

시인은 곡비다

공감과 위로의 힘

솔비　그런데 아빠, 어떤 시가 좋은 시야? 교과서에 나오는 시는 다 좋은 시라고 해서 실어놓았을 텐데, 어떤 시는 아무런 느낌이 안 올 때도 있어서.

아빠　어떤 시가 좋은 시냐고 물으면 선뜻 대답하기가 쉽지 않아. 사람마다 느끼고 받아들이는 게 서로 다르기 때문이지. 내가 좋아하는 시를 남에게 추천했을 때 상대방은 시큰둥하게 여길 수 있고, 반대로 남이 나에게 좋은 시라고 소개했지만 내 마음에는 아무런 감흥을 일으키지 않는 시도 있을 수 있으니까. 그래서 다른 사람들의 평가와 상관없이 자신이 읽었을 때 마음에 와닿는 시가 좋은 시라고 하는 정도가 최선의 대답이 아닐까 싶어.

그래도 다수가 좋은 시라고 여길 만한 공통점을 가진 시들이 있기는 할 거야. 그런 시들은 대체로 독자의 공감을 이끌어내는 힘을 지니고 있기 마련이야. 함께 어울리는 집단을 형성해서 살아가야만 하는 인간 사회에서 공감 능력은 무척 중요해. 인간이 공감 능력을 잃어버리면 타인의 고통을 위로해줄 수 없고, 거꾸로 내가 고통을 당할 때 타인으로부터 위로를 받을 수도 없어. 그렇게 되면 우리 사회는 자기만 앞세우는 무한경쟁과 탐욕의 아수라장이 되고 말 거야.

공감은 일단 내가 아닌 다른 사람의 말이나 행동, 처지에 관심을 기울이는 것으로부터 출발해. 무심히 지나치는 게 아니라 잘 듣고 잘 보아야 한다는 거지. 그런 다음 거기에 내 마음을 겹쳐 놓을 수 있어야 해. 내가 어떤 사람의 사연에 공감을 하고, 그 얘기를 시로 써서 또 다른 사람에게 보여주었을 때 그 사람 역시 공감을 한다면, 마음과 마음이 그물처럼 엮여서 널리 퍼져가게 되지 않을까?

솔비　내가 지금 아빠 말에 공감을 한다고 말하면 아빠가 기뻐하겠지? 히히.

아빠　아이고, 우리 딸이 점점 말하는 것만 느는 것 같아.

솔비 왜, 듣기 싫어?

아빠 그럴 리가? 그런 얘기는 자꾸 해도 돼. 하하. 그럼 기분 좋은 마음으로 다른 시를 한 편 더 소개할게. 이번에도 김종삼 시인의 작품이야.

묵화墨畵

물먹는 소 목덜미에
할머니 손이 얹혀졌다.
이 하루도
함께 지났다고,
서로 발잔등이 부었다고,
서로 적막하다고,

시가 짧은 데다 어려운 말도 사용하지 않았어. 그럼에도 시 안에 그려진 모습은 독자의 마음을 뭉클하게 만드는 힘을 가지고 있어. 솔비, 너도 그런 느낌이 들지 않니? 시를 잘 이해하고 감상하기 위해서는 시 안에 그려진 상황을 머릿속으로 떠올려보는 게 좋아. 그런 다음 가슴으로 느끼는 연습을 해보는 거지.

묵화는 수묵화라고도 하고, 먹물만 가지고 짙고 옅음을 표현해서 그리는 그림을 말해. 그래서 채색을 한 그림처럼 화려하지는 않지만 은근하면서도 사람 마음을 편하게 해주는 장점이 있다고 할 수 있지. 이 시에 나오는 풍경이 마치 한 폭의 그림 같지 않니? 하루 종일 논이나 밭에 나가 일한 소는 지금 지치고 힘든 상태일 거야. 노동에 지친 피로를 풀기 위해 물을 마시고 있는 소의 목덜미에 할머니가 손을 얹고 있어. 왜 그랬을까?

솔비   그야 소가 불쌍하니까……. 조금이라도 위로해주고 싶어서 그랬겠지.

아빠   맞아. 소야, 오늘 하루 얼마나 힘들었니? 네가 고생한 거 내가 다 안다. 그런 심정이었을 거야. 직접 말로 표현하지는 않았지만, 할머니는 지금 소의 힘겨움에 공감하고 있는 중이야. 할머니는 주어진 노동을 마친 소에게 공감했고, 시인은 소를 위로하는 할머니의 마음에 공감했다고 할 수 있겠구나. 아니, 소와 할머니 모두에게 공감을 느꼈다고 해야겠네. 시 안에 '서로'라는 낱말이 두 번이나 나온 걸 보면 알 수 있지. 발잔등이 부은 걸 볼 줄 아는 눈을 가진 존재가 시인이라고 할 수 있어. 소가 일하는 동안 할머니 역시 곁에서 쉬지 않고 일을 했을 거야. 그렇게 해서 소와 할머니가 버텨낸 힘겨운 하루가 지난 거지. 그런데 아무도 그 모습을 지켜보고 위로해주는 사람이 없어. 오직 둘뿐이야. 그러니 서로 적막할 수밖에.

시인의 마음에 그런 모습이 애잔하게 다가왔던 모양이구나. 하지만 시인이 소와 할머니에게 직접 도움을 줄 수 있는 일은 없어. 같이 살면서 대신 농사일을 해줄 수는 없잖아. 그래서 시로나마 하루 종일 수고한 소와 할머니를 위로해주고 싶었을 거야. 그런 마음이 바로 내가 앞에서 말한 시인의 마음이라고 할 수 있겠지.

그렇게 탄생한 시가 이제 독자들을 만나고 있어. 이 시를 읽은 독자들은 직접 그 현장에 없었지만 마음속에 한 폭의 수묵화를 간직하고 살아가게 될 거야. 소도 할머니도 외로운 존재잖아. 소는 할머니에게 의지하고, 할머니는 소에게 의지하며 살아가는 중이야. 그러면서도 세상에 대해 불평이나 불만을 드러내지는 않아. 그저 자신들에게 주어진 삶을 받아들이며 적막함까지도 묵묵히 견디고 있을 뿐이지.

사람들은 살다 보면 누구나 외롭고 힘든 순간을 만나게 돼. 그럴 때 어쩌면 이 시를 떠올리게 될지도 몰라. 그러면서 위안을 받을 수도 있을 거고, 나만 외롭고 힘든 게 아니라는 사실을 받아들이는 법을 깨닫기도 하겠지.

이게 바로 시가 가진 힘이야. 누군가의 마음을 어루만져주는 것, 시는 바로 그런 역할을 할 수 있단다. 내가 만일 누군가의 마음에 공감을 하고 그걸 시로 써서 위로해줄 수 있다면 얼마나 멋진 일일까?

그런 의미에서 시인을 곡비哭婢에 비유하는 사람들이 있어.

솔비 곡비? 그런 말이 있었나? 처음 들어보는 말이야.

아빠 곡비란 예전에, 양반의 장례 때 주인을 대신해서 곡을 하던 여자 종을 이르던 말이야. 요즘은 장례식장을 가도 돌아가신 분의 아들딸들이 곡, 즉 크게 소리 내어 우는 광경을 보기는 힘들어. 하지만 유교의 도리를 강조하던 예전에는 장례식장에서 자식이 곡을 하지 않으면 불효자 소리를 들어야 했어. 그래서 눈물이 나오지 않아도 "아이고, 아이고" 소리를 내며 곡을 해야 했지. 그런데 한번 생각해봐. 며칠씩 이어지는 장례 기간 내내 곡소리를 내다 보면 목이 어떻게 되겠니? 목이 잠겨서 더 이상 소리가 나오지 않는 상황이 올 수도 있겠지. 그러다 보니 양반들은 여자 종을 시켜 대신 곡소리를 내게 시켰다고도 해. 요즘 말로 하면 양반이 하인에게 하는 갑질이라고 할 수 있는데, 옛날에는 그런 갑질을 당연하게 여겨서 아무도 뭐라 하지 않았어.

아무튼 자신이 당한 슬픔이 아닌데 대신 울어주는 사람이 있었다는 거고, 그런 역할을 하는 곡비가 마치 시인이 하는 역할과 비슷하다고 본 거야. 다른 점이 있다면 곡비는 상전이 시켜서 억지로 우는 거지만, 시인은 누가 시키지 않아도 스스로 슬픔을 못 이겨 대신 울어준다는 점에서 차이가 있겠구나. 그래서 좀 더 정확히 표현하자면 시인은 '자발적 곡비'라고 할 수 있을 거야. 누군가 자신의 슬픔이나 아픔을 이해하고 감싸주며 함께 울어준다고 생각하면 아무리 지극한 슬픔이라도 견디는 데 큰 힘이 될 수 있겠지.

한마디로 시인은 누구보다 먼저 아파할 줄 아는, 예민한 감정을 지닌 존재라고 할 수 있어. 꼭 시인은 아닐지라도 그런 시인의 마음을 지니고 살아가면 좋지 않겠니? 시를 읽어야 하는 이유도 바로 이런 데 있다고 할 수 있겠구나.

솔비 '자발적 곡비'라는 말이 참 괜찮게 들리는걸. 그러고 보니 시인들은 참 대단한 분들이구나 하는 생각이 들어.

아빠 꼭 그렇게 치켜세울 건 아니지만, 시와 시인들이 없는 사회는 상상하고 싶지 않아.

솔비 걱정하지 마. 내가 친구들에게 앞으로 시를 많이 읽으라고 할 테니까.

아빠　그래 주면 좋지. 앞으로 솔비 용돈을 듬뿍 줘야겠다.

솔비　정말? 시인이 설마 거짓말은 안 하겠지? 자, 손가락 내밀어 봐. 시를 걸고 약속!

7장

시는 발명이 아니라
발견이다

아빠　오늘도 아빠의 강의는 이어집니다. 자, 준비됐으면 오늘은 무슨 얘기를 해볼까?

솔비　가끔 시를 쓰고 싶다는 생각을 하긴 하는데, 무엇에 대해 써야 할지 모를 때가 있어. 아빠는 시의 소재를 어디서 어떻게 찾아?

아빠　시의 소재라? 솔비는 시적인 게 따로 있다고 생각하니?

솔비　아무래도 그렇지 않을까? 시에는 뭔가 좀 특별한 내용이 담겨야 할 거 같은데.

아빠   누가 멋지고 그럴 듯한 표현이 담긴 말을 하거나 글을 쓰면, "오, 시적인데!" 혹은 "야, 이건 그대로 한 편의 시야" 같은 말을 할 때가 있잖아. 멋진 풍경을 보고 시적인 풍경이라는 말을 하기도 하고. 그런데 '시적'이라는 건 뭘까? 쉽게 풀면 '시다운 것'이라는 말일 텐데, 시답다는 것도 모호하긴 마찬가지야. 시적인 것, 시다운 것이 따로 있는 걸까?

시적인 것은 특별한 것이 아니라 우리 주위에 흔하게 널려 있어. 시적인 말도 따로 있는 게 아니라 우리가 쓰는 말들이 모두 시적인 말이 될 수 있고, 우리가 보는 모든 풍경이 시적인 풍경이 될 수 있는 거야. 다만 그걸 알아채지 못하고 지나칠 뿐이지. 강렬하고 특별한 느낌을 주는 사물이나 풍경만 시의 소재가 되는 건 아니란다.

시는 발명이 아니라 발견이라는 말이 있어. 발명을 하려면 온갖 궁리와 연구를 해서 기존에 없던 물건을 만들어내야 하잖아. 하지만 시는 연구해서 쓰는 게 아니고, 없던 걸 만들어내는 것도 아니야. 이미 있던 걸 새롭게 발견해서 거기에 특별한 의미를 입혀주는 게 시라고 할 수 있지.

우리 주위에 늘 있는 것들은 너무 익숙해서 별다른 자극을 주지 못해. 하지만 늘 마주치던 것들이 어느 순간 새롭게 다가올 때가 있을 거야. 어느 시인이 그랬어. 산에 올라갈 때는 못 본 꽃인데 내려올 때는 보이더래. 그 꽃은 시인이 올라갈 때나 내려갈 때나 그냥 그 자리에 있었을 거 아냐. 다만 시인의 눈에 띄었느냐 안 띄었느냐의 차이가 있을 뿐인 거지.

내가 쓴 시를 가지고 이야기를 풀어볼게. 여기 이 작품인데, 솔비가 한번 읽어줄래?

솔비 내가? 읽는 거야 뭐 어렵지 않지. 그럼 읽는다. 음음~. 일단 목소리 좀 가다듬고!

21세기와 평화

우리 동네 입구에는
21세기교회와 평화교회가 나란히 있고
두 교회 사이에 작은 공원이 있는데,
21세기교회는 우뚝하고 평화교회는 낮아서
21세기가 평화를 굽어보는 형국인데,
두 교회 사이에 자리잡은 공원에선
아이들이 자전거도 타고 공놀이도 하는데,
그럼 모습으로 21세기의 평화가 찾아온다면
좋겠다, 참 좋겠다 싶은데,
21세기 신도는 평화 신도를 모른 체하고

평화 신도도 21세기 신도를 모른 체하는,

가깝고도 먼 두 교회만큼이나

내 마음도 아득하기만 한데,

공원을 가로질러 집으로 가는 길에 생각해 보니

내가 사는 아파트는 21세기교회보다도 높고 높아서

21세기와 평화를 한꺼번에 굽어보곤 했던 게 아닌가

굽어보기만 하다 잠들곤 했던 게 아닌가

흉몽도 없이, 편안하고 달콤하게

　이거 우리 집 앞에 있는 교회 이름들이잖아. 어떻게 교회 간판을 보고 시를 쓸 생각을 했어?

아빠　네 말처럼 우리 아파트 단지 바로 앞에 21세기교회와 평화교회가 나란히 있잖아. 몇 년 동안이나 그 앞을 지나다니면서도 교회 이름을 특별하다고 생각하지 않았어. 그러던 어느 날 교회 맞은편에서 보행 신호를 기다리고 있는데, 두 교회 이름이 묘하게 겹치면서 머리를 치고 가는 생각이 찾아들더라. 21세기에도 왜 세상에는 전쟁이 끊이지 않고 평화가 찾아오지 않을까? 가까이 붙어 있는 교회 신자들끼리 왜 서로 인사를 하지 않을까? 하필이면 평화라는 이름을 붙인 교회가 왜 규모가 작을까? 이런 생각들을 하면서 집에 돌아와 시를 쓰게 된 거지.

　　시를 쓰기 전까지 두 교회는 내게 아무런 의미가 없는 건물이었어. 내가 교회를 다니지 않아서 그렇기도 하지만, 어디서나 볼 수 있는 흔한 교회들과 별다를 바가 없었거든. 나에게 두 교회는 있어도 그만 없어도 그만인 셈이었지. 그러다가 어느 순간 특별한 의미를 가지고 두 교회가 내 머릿속으로 들어온 거야. 말하자면 내가 새롭게 발견한 풍경인 거지.

　　그러니까 시는 연구실에 틀어박혀 실험을 하고 이론을 세워가며 만드는 게 아니라 이미 있던 걸 발견해서 거기에 특별한 의미를 부여하는 순간 탄생한다고 말할 수 있겠구나. 발견과 의미 부여는 거의 동시에 이루어진다고 할 수 있어. 무엇에 대한 시를 쓸까 생각하다 책상 위에 놓인 연필을 발견했다고 치자. 그래, 연필에 대한 시를 써보자! 그렇게 마음먹는다고 해서 금방 시가 나올까? 아무리 연필을 노려보며 거기서 새로운 의미를 찾아보겠다고 끙끙대도 제대로 시가 써지지는 않아. 보는 순간 '아하!' 하는 느낌이 와야 하는 거지. 그게 처음에는 조금 희미하게 다가왔더라도 그런 실마리가 있어야 거기서부터 시를 만들어낼 수 있는 힘이 생기는 법이야.

솔비　그렇다면 너무 우연에 기대는 거 아냐? 그러다가 평생 시

시는 발명이 아니라 발견이다

로 쓸 만한 장면을 마주치지 못하면 어떡해?

아빠　시적인 것을 발견하는 일이 꼭 우연에 의해서만 일어날까? 그런 경우가 없는 건 아니지만 꼭 그렇지만은 않아. 내가 이 시를 쓰기 전부터 문명이 고도로 발달했다는 현대에 들어서도 이 세상은 왜 평화롭지 않을까에 대한 고민을 자주 하고 있었기 때문에 교회 이름을 가지고 시를 쓸 수 있었을 거야. 그런 생각과 풍경이 만나야 하는 거지. 덧붙인다면, 내가 시인이라는 타이틀을 달고 있으니까 다른 사람들보다 시적인 것을 발견하려는 노력을 많이 하는 편이어서 그럴 수도 있어. 아무 생각 없이 살다 어느 날 갑자기 시를 써볼까 하는 식으로는 좋은 시를 쓰기 힘들겠지. 시를 쓰고자 하는 마음을 갖는 게 우선이고, 그런 마음이 쌓이면 자기도 모르는 사이에 늘 보던 풍경이 다르게 보이는 순간이 찾아들게 돼 있어.

솔비　에이, 그것도 정말 쉬운 일은 아니다. 사람이 맨날 시만 생각하면서 살아갈 수는 없잖아.

아빠　그렇긴 하지만, 그게 또 그렇게 어려운 일은 아니야. 천사의 도움만 있으면 되거든.

솔비   천사의 도움? 그건 또 무슨 뚱딴지같은 소리야?

아빠   시를 잘 쓰려면 반드시 천사의 도움이 필요해. 그 천사의 이름이 뭔지 아니?

솔비   내가 알 리가 없지. 시 쓰는 데 천사가 왜 등장해야 하는 건데? 천사가 대신 써주기라도 한다는 거야?

아빠   대신 써주는 건 아니지만, 좋은 시를 쓸 수 있는 소재를 가져다주긴 하지. 그 천사의 이름은 바로 호기심 천사야!

솔비   헐~! 아빠 지금 나한테 아재개그 하는 거야?

아빠   하하. 너무 썰렁했나? 아무튼 호기심은 모든 창조의 근원이야. 과학자도 호기심이 있어야 하지만 시를 쓸 때도 마찬가지야. 이게 왜 여기에 놓여 있을까? 저건 또 왜 저렇게 생겼을까? 이건 뭐하고 닮았을까? 하는 식으로 생각하다 보면 미처 알아차리지 못했던 사물이나 풍경의 비밀이 드러나기도 하는 법이거든. 평소에 그런 습관을 길러두면 좋아. 아빠가 쓴 시를 하나 더 보여줄게.

눈썹달

아이야 네 속눈썹이 길구나

산머루 빛 눈동자 위로

사뿐히 들린 눈썹 꼬리가 길어

거기 어여쁜 사랑도 걸리겠구나

햇살 한 자락 동무 삼아

해종일

구름사다리를 밟고 오르다

살풋 속눈썹을 내리는 아이야

네가 잠든 밤하늘에

눈썹달이 떴단다

솔비 이건 예전에 어릴 적 내 속눈썹을 보고 쓴 시라고 했잖아.
그런데 이걸 왜 꺼내는 건데?

아빠 지금도 예쁘지만 어릴 적 솔비는 정말 예뻤어. 그런데 내
눈에는 다른 무엇보다 네 속눈썹이 그렇게 길고 예쁠 수가 없더
라고. 그래서 네가 자고 있을 때마다 한참씩 쳐다보곤 했지. 딱
딱한 말로 하면 관찰했다고 할 수도 있겠구나. 그러던 중에 문득

하늘에 떠 있는 초승달이 생각난 거야. 네 속눈썹에서 초승달을 발견한 거지. 눈썹달은 눈썹 모양으로 보이는 초승달이나 그믐달을 뜻하는 말이거든. 그 순간, 이거는 시가 되겠구나, 하는 생각을 했어.

솔비　아빠 눈에만 그렇게 예뻐 보이는 거지. 누가 나를 보고 예쁘다고 하겠어? 하여간 못 말린다니까.

아빠　어쨌든 나는 솔비 덕분에 시를 한 편 건졌잖아. 시는 그렇게 멀리 있는 게 아니라니까 그러네. 자기 주변 가까이에 있는 것들부터 잘 관찰해보면 얼마든지 시의 소재를 찾을 수 있어.

솔비　그래도 기분이 어쩐지 좀 이상한데? 내가 아빠한테 시의 소재를 제공했으니까 아빠가 나한테 고마워해야 하는 거야, 아니면 아빠가 나를 위해 시를 써주었으니까 내가 아빠한테 고마워해야 하는 거야? 아리송하네.

아빠　따질 것도 참 많다. 그냥 서로 고마워하면 되는 거지. 오늘 강의는 솔비 눈썹달을 생각하면서 마치는 걸로 하자.

8장

비유

연결 짓기

아빠　오늘부터는 시 쓰기에 대해서 본격적인 얘기를 해볼까 해.

솔비　본격적인 얘기? 그럼 지금까지는 일종의 몸풀기 같은 거였어?

아빠　그런 셈이라고 할 수 있지. 지금까지는 시를 쓰기 전 단계에 대한 내용들이었다면 이제부터는 직접 시를 쓰는 단계에 들어가서 필요한 내용들을 들려주려고 해. 첫 단계로 오늘 할 얘기는 비유에 대한 거야. 너도 시에서 비유가 중요하다는 얘기는 들었지?

솔비 그럼. 직유법이나 은유법 같은 건 기본이잖아.

아빠 그래. 네 말대로 그건 기본이지. 〈일 포스티노〉란 외국 영화가 있어. 오래전에 나온 영화이긴 한데, 노벨문학상을 받은 칠레의 유명한 시인 파블로 네루다의 삶을 다룬 영화야. 영화 속에서 네루다가 조국에서 쫓겨나 이탈리아의 작은 섬에 갔을 때, 거기서 만난 우편배달부와 우정을 나누며 시를 가르쳐주는 내용이 나오거든. 우편배달부에게 비유를 설명하기 위해 네루다는 이렇게 물어. "하늘이 흘리는 눈물은 무얼 말할까요?" 그러자 우편배달부는 "그건 비입니다"라고 대답해. 네루다는 그런 게 바로 비유라는 거고, 시는 그런 식으로 표현하는 거라고 가르쳐주었어. 우편배달부는 그 말을 듣고 시가 어떤 건지 알게 되면서 스스로 시를 쓰기 시작하지.

시에서 비유는 무척 중요해. 국어시간에 직유법이나 은유법 같은 걸 배웠다니까 더 이상 자세히 설명하지 않아도 되겠구나. 일단 비유는 두 개를 연결해서 표현하는 거야.

솔비 나도 그건 알아. 두 개 중에 표현하고자 하는 대상을 중심관념, 표현을 위해 끌어들인 걸 보조관념이라고 하잖아. 맞지?

아빠 야, 솔비가 제법인걸. 그걸 조금 더 구체적으로 풀어보자. '볼이 사과처럼 빨갛다'라고 하면 훌륭한 표현이라고 할 수 있을까? 볼과 사과를 연결시켜 표현하고는 있지만 이런 식의 비유는 너무 흔해서 아무런 감흥을 일으키지 못해. 식상하다거나 상투적이라는 말을 이럴 때 쓰곤 하지. 그리고 그런 비유를 사비유死比喩, 즉 죽은 비유라고 해. 비유는 맞지만 너무 익숙하고 흔해서 비유 같지 않다는 거야. 별처럼 빛난다고 하거나 닭똥 같은 눈물, 앵두 같은 입술처럼 표현하는 것들이 사비유에 해당한다고 볼 수 있어.

이런 비유는 시에서 피하는 게 좋아. 시를 쓰는 이유는 독자에게 감동을 주고자 하는 건데, 감동을 주려면 독자의 마음을 사로잡거나 한껏 흔들어주는 파동을 일으켜야 해. 그러자면 누구나 생각할 수 있는 상투적인 표현이 아니라 참신한 표현을 찾아서 쓸 수 있어야겠지. 이게 말은 쉽지만 실제로는 무척 힘든 일이기는 해. 그래서 시 쓰는 일이 어렵다고 하는 거고.

그렇다면 참신한 비유를 하려면 어떻게 해야 할까? 앞에서 비유는 두 개를 연결하는 거라고 했잖아. 두 개를 연결할 때 가능하면 둘 사이의 거리가 멀어야 해. 전혀 어울릴 것 같지 않은 걸 연결시켜 놓았을 때 놀라운 깨달음이 찾아올 수 있어. 아하, 그렇게 연결해서 생각해도 말이 되는구나, 하는 깨달음! 그걸 어려운 말로 인식의 전환이라고 할 수도 있겠지.

솔비 둘 사이의 거리가 멀어야 한다? 예를 들어서 설명해줘.

아빠 말로 설명하는 것보다 직접 시를 보면서 얘기하는 게 빠르겠지? 이번에도 아빠가 쓴 시를 가지고 이야기해볼게.

독도의 꿈

뛰어들고 싶어라
저 바다
눈부신 햇살을 가르며
친구들은 신나게 헤엄쳐 가는데

나 홀로 외로운
스탠드
목발을 노 삼아
저어 가고만 싶은……

이 시에는 몇 개의 비유가 담겨 있어. 운동장을 바다에, 운동장에서 뛰어다니는 친구들을 물고기에 비유했다는 건 쉽게 알아챌 수 있을 거야. 그런데 친구들과 함께 뛰지 못하고 스탠드에 앉아 구경만 하는 친구가 있구나. 목발을 등장시켰으니 다리를 다쳤다는 것도 쉽게 알 수 있을 테고. 남자애들은 활동량이 많으니까 그만큼 다치는 일도 많지. 목발을 짚은 친구는 당장이라도 운동장으로 달려가서 친구들과 공을 차며 어울리고 싶을 거야. 하지만 목발에 의지한 몸으로는 그럴 수가 없으니 얼마나 속상할까? 학교에서 아이들을 가르치다 보면 그런 모습을 종종 볼 수 있어. 바라보는 내 마음도 안타깝지만 도와줄 길은 없고, 대신 시를 써서 그 친구의 마음을 담아본 거야.

　　이 시에서 내가 가장 신경을 쓴 건 '독도의 꿈'이라는 제목이야. 독도는 동해바다 끝에 혼자 외롭게 떠 있잖아. 스탠드에 혼자 외롭게 앉아 있는 친구의 모습에서 독도를 떠올려본 거지. 이 시를 읽은 독자들은 어떻게 생각할지 모르겠지만 내 딴에는 괜찮은 비유라는 생각이 들었어.

솔비　설명을 해주니까 쉽게 이해가 되네. 잠깐, 내가 여기 아빠 시집을 가져왔는데, 나는 이 시가 마음에 들더라. 내가 한번 읽어볼게.

슬픈 ㄹ

소나무는 솔과 나무가 합쳐진 말이야
합치면서 발음을 쉽게 하려고
ㄹ을 떨어뜨린 거지
하느님, 따님 같은 말도 마찬가지란다

어떤 말이 더 있는지 생각해 보라는
국어선생님 말을 들으며
새아빠랑 살림을 합치면서
할머니 집에 나를 떨어뜨리고 간 엄마를 생각했다

아빠   이 시가 왜 마음에 들었니?

솔비   내용이 슬프잖아. 엄마랑 떨어져 살게 된 아이를 생각하니까 마음이 아팠어.

아빠   그래서 아빠도 제목을 '슬픈 ㄹ'이라고 지었어. 솔비도 국어시간에 배웠겠지만 두 개의 낱말을 합쳐서 합성어를 만들 때 ㄹ탈락이 일어나는 경우가 많잖아. 국어시간에 ㄹ탈락현상을 가르치다가 지금 이 교실 안에도 ㄹ처럼 가족에게서 버림받은 아이들이 있을 수 있겠구나 하는 생각이 들었어. 요즘은 이혼 가정도 많고, 그래서 한 반에 적어도 한두 명은 꼭 한부모가정 아이들이 있거든. 'ㄹ'과 '엄마와 헤어진 나'를 연결했더니 위와 같은 시가 나온 거야.

솔비 이 시는 정말 아빠 말처럼 서로 거리가 먼 것을 연결해서 만든 시 같아.

아빠 요즘 창의성이라는 말을 많이 하잖아. 학교에서도 일방적으로 지식만 전달하는 주입식 교육이 아니라 창의성을 키워줄 수 있는 교육을 해야 한다고 강조하고 있고. 그래서 정답만을 찾는 지필평가를 보완하기 위해 수행평가를 통해 점수를 내기도 하고 토론식 수업을 하는 선생님들도 늘고 있지. 앞으로 4차 산업혁명 시대가 올 거라면서 그에 대비한 교육이 필요하다는 얘기는 더 이상 새삼스럽지도 않아.

그렇다면 어떻게 해야 창의성을 키울 수 있을까? 창의적인 인재라고 할 때 흔히 애플을 창업해서 아이폰을 만든 스티브 잡스 이야기를 많이 해. 스티브 잡스는 대학에 다닐 때 강의를 열심히 듣는 대신 여행을 하거나 책 읽는 시간을 많이 가졌대. 특히 시를 무척 좋아했다고 하는구나. 그중에서도 스티브 잡스가 좋아한 시는 영국의 윌리엄 블레이크가 쓴 「순수의 전조」라는 작품이었다고 해. 시의 앞부분만 옮기면 다음과 같아.

> 한 알의 모래 속에서 세계를 보고
> 한 송이 들꽃에서 천국을 본다.
> 그대 손바닥 안에 무한을 쥐고
> 한 순간 속에 영원을 보라.

한 알의 모래 속에서 세계를 본다는 건 무슨 뜻일까? 모래 알은 아주 작고, 세계는 모래와 비교할 수 없을 만큼 크고 광활하잖아. 그런데 어떻게 모래를 통해 세계를 보는 게 가능할까? 모래가 형성되기까지의 과정을 생각해보면 될 거야. 처음에 커다란 바위가 있었을 테고, 폭우가 몰아치거나 번개를 맞아 바위가 굴러 떨어지면서 작게 쪼개졌겠지. 그렇게 쪼개진 돌덩이들이 비슷한 과정을 거쳐 비바람에 깎이고 계곡 물살에 쓸리면서 조약돌이 됐다가, 그 조약돌이 무수한 세월을 거치는 동안 잘게 부서져서 모래알이 되지 않았을까?

그렇게 되기까지 적어도 수만 년 이상의 세월이 흘렀을 거야. 그렇다면 모래알은 처음부터 모래알이었던 게 아니라 지구의 역사와 함께했다고 볼 수도 있는 거겠지. 시인은 모래 한 알을 통해 이 세계가 어떤 과정을 통해 이루어져왔는지 생각하도록 해주고 있어. 그런 점이 아마 스티브 잡스의 마음을 사로잡지 않았을까 싶구나. 들꽃과 천국을 연결시킨 것도 그런 식으로 해석하면 고개를 끄덕일 수 있을 테고.

창의성은 상상력과 통하는 말이야. 상상력 없이 창의성을 키울 수 없을 테니까. 시를 잘 쓰려면 상상력이 뛰어나야 한다는 말을 많이 들었을 거야. 상상력은 타고나기도 하지만 꾸준한 노력과 훈련에 의해서도 얼마든지 기를 수 있어. 그럼 어떤 식으로 노력하고 훈련해야 할까? 지난 시간에도 말한 것처럼 관찰하는 습관을 기르는 것이 무엇보다 중요해. 평범한 사물이나 풍경이라도 그냥 지나치지 말고 자세히 들여다보면서, 거기서 비롯되는 생각과 감정들을 떠올려보는 것! 그게 바로 상상력의 원천이라고 할 수 있어.

솔비　그래서 아빠가 핸드폰을 아이폰으로 쓰는구나.

아빠　꼭 그런 건 아니고……. 마지막으로 윤동주 시인의 동시 한 편만 더 보자.

오줌싸개 지도

빨랫줄에 걸어 논
요에다 그린 지도
지난밤에 내 동생
오줌 싸 그린 지도

꿈에 가 본 엄마 계신
별나라 지돈가?
돈 벌러 간 아빠 계신
만주 땅 지돈가?

어릴 적에 자다가 오줌 안 싸본 사람은 없을 거야. 이 시에
서는 동생이 밤에 자다 요에다 오줌을 싼 모양이야. 요에 그려진
오줌자국을 일러 흔히 지도를 그렸다는 표현을 하곤 해. 오줌자
국과 지도 모양을 연결하는 건 누구나 쉽게 생각할 수 있어. 하지
만 시를 쓰려면 거기서 한 발 더 나아가야 해. 윤동주 시인은 그냥
지도가 아니라 별나라 지도와 만주 땅 지도를 생각해냈잖아. 이
러한 상상력을 길어 올릴 때 바로 시가 탄생하는 거야.

아직 오줌을 가리지 못하는 어린 동생이 요에다 오줌을 쌌
을 때 보통 사람이라면 이 녀석이 또 밤중에 오줌을 쌌구나, 하면

서 지나치고 말 거야. 특별할 것도 없고 그냥 평범한 일상에 속하는 일이니까. 하지만 시인은 그런 평범함 속에서 평범하지 않은 의미를 끄집어내는 능력을 지녔어. 그건 바로 요에 그려진 오줌자국을 자세히 들여다보면서 생각을 발전시켰기 때문이야. 이렇게 관찰의 힘은 대단하다는 걸 알 수 있지.

한 가지 더! 윤동주 시인이 요에 묻은 오줌자국에서 별나라 지도와 만주 땅 지도를 떠올릴 수 있었던 건 평소에 자기 주변의 이웃들이 겪는 고통과 슬픔에 대해 생각하는 시간이 많았기 때문일 거야. 어머니가 일찍 돌아가신 아이들, 먹고살기 힘들어서 멀리 만주 땅까지 돈 벌러 간 아버지를 둔 아이들을 보며 안타까운 마음을 가졌던 게 틀림없어. 그런 마음의 바탕이 있었기 때문에 오줌싸개가 요에 그린 지도를 불행한 가족의 이야기가 담긴 슬픈 지도로 그려낼 수 있었던 거지. 따라서 관찰을 한다는 건 단순히 오래 바라본다는 것만 뜻하지 않아. 관찰을 하면서 다양한 생각을 떠올릴 수 있어야 하고, 관찰한 것끼리 연결시켜보는 훈련도 필요해.

윤동주 시인은 두 가지를 관찰했어. 먼저 가족과 헤어진 아이들을 관찰했고, 그런 다음 오줌싸개가 오줌을 싸놓은 요를 관찰했지. 요만 열심히 들여다봤다면 위와 같은 시가 어떻게 나왔겠니? 평상시에 눈여겨보며 안타까워하던 아이들의 불행한 삶이 늘 머릿속을 맴돌고 있었을 거야. 무언가를 열심히 관찰한다고 해서 곧장 시가 나오지는 않아. 관찰한 것이 머리와 가슴에 쌓여 있다가 나중에 어떤 계기를 통해 다시 불려 나오는 법이거든. 이 시에서 그런 계기를 제공한 건 오줌싸개가 요에다 그린 지도였어. 그리고 두 경험이 만나서 한 편의 훌륭한 시를 만들어낸 거지.

비유는 연결 짓기라는 것, 그리고 언뜻 연결이 될 것 같지 않은 걸 연결시키는 것, 그게 시를 쓸 때 요구되는 능력이라는 걸 잊지 마.

솔비　연결이 그렇게 중요한 거구나. 그렇다면 시인은 일종의 중매쟁이라고도 할 수 있겠네.

아빠　히야, 솔비가 내 강의를 듣더니 점점 발전하는데…… 아빠의 보람이 느껴진다. 아빠가 좀 전에 연결을 잘하려면 상상력이 중요하다고 했잖아. 상상력은 시에서만 중요한 게 아니라 우리 삶의 모든 부분에서 중요해. 뭔가를 만든다고 할 때는, 먼저 머릿속에 만들고자 하는 물건의 형태를 그려봐야 하잖아. 아무 생각 없이 무턱대고 시작하면 엉터리 물건만 나올 거야.

우리가 사는 사회도 마찬가지야. 앞으로 어떤 세상을 만들어가야 할지 끊임없이 상상하고, 그런 상상을 실현시키기 위해

애쓰는 사람들이 있어서 사회가 발전할 수 있는 거지. 우리나라는 지금 남과 북이 나뉘어 있잖아. 남과 북을 어떻게 하면 연결시킬 수 있을지 상상하는 것으로부터 통일은 시작될 수 있을 거야. 시가 그런 상상력을 키워주는 역할을 할 수 있지 않을까 싶어. 서로 거리가 멀다는 건, 연결이 불가능해 보인다는 말과도 통하잖아. 하지만 그게 꼭 불가능한 일만은 아니란 걸 생각해보도록 하는 힘, 그걸 시를 통해서 배울 수도 있겠다는 거지.

솔비 너무 거창한 분야까지 나아간 것 같지만 그래도 틀린 말은 아닌 것 같아. 나도 시를 배우면서 연결하는 힘을 길러봐야겠어.

아빠 그래. 꼭 시를 쓰지 않더라도 낯선 것들을 연결하는 상상력을 기를 수 있다면 그것만으로도 훌륭한 거야.

9장

돌려 말하기

아빠　이번에는 돌려 말하기에 대한 이야기를 할까 해. 하고픈 말을 직접 대놓고 할 때가 있고, 그런 방식이 효과를 얻을 수도 있지만 때로는 다른 상황을 끌어와서 빗대어 이야기하는 게 좋을 때도 있어. 특히 시에서는 그런 방법을 많이 사용해. 한자성어 중에 홍운탁월烘雲托月이라는 게 있단다. 좀 어려운 말이긴 한데, 쉬운 말로 풀면 '구름으로 달을 드러낸다' 혹은 '구름을 그려서 달이 드러나게 해준다'는 정도로 해석할 수 있어. 달을 직접 그리는 대신 달을 둘러싼 구름을 그리면서 달이 있는 부분만 칠을 하지 않고 남겨놓으면 그 빈 공간이 달로 보이게 하는 방법인 셈이야. 동양화를 그릴 때 많이 사용하는 기법이라는구나. 이런 방법이 시에서 말하는 돌려 말하기에 해당한다고 보면 돼.

이번에 소개할 시는 예전에 내가 가르치던 학생이 국어시간에 쓴 시야.

그리움
조아라(중2)

거울을 하나 샀어.
착한 거울이었어.
아끼고 아끼던 거울이었어.

하지만 점점 시간이 갈수록
그 거울은 짜증 대상
할머니 주름처럼 자글자글 금이 가고
햇살처럼 반짝이던
그 거울은 안개처럼 흐릿흐릿

그래서 화가 났어.
짜증을 내버렸어.
"이 거울 뭐 이래. 잘 보이지가 않잖아. 다른 거울 사든가 해야지."
쨍그랑!
깨져버렸어.
그 순간 깨져버렸어.

그립다. 그 거울.

그립다. 그 애.

자, 여기까진데. 솔비가 보기에는 이 시가 어떠니?

솔비　글쎄? 무난한 작품 같은데……. 잘 쓴 것도 같고, 평범한 것도 같고.

아빠　수행평가를 하면서 아빠는 이 시에 만점을 줬어. 어떤 점에서 이 작품이 만점을 받을 수 있었을까?

　　시의 내용을 한번 따라가보자. 시의 화자는 줄곧 거울에 대한 이야기를 하고 있잖아. 거울을 하나 샀는데, 매우 마음에 들어서 좋아했어. 그런데 시간이 흐르자 깨끗했던 거울에 금이 가고 선명도가 떨어지면서 내 마음에서 멀어져 간 거야. 그래서 짜증을 내게 되고 그 순간 거울이 깨져버리고 말았어. 그렇게 거울이 내 곁을 떠나고 나자 거울이 다시 그리워졌다고 말하고 있잖아. 뭐든지 그런 법이야. 내 곁에 있을 때는 소중함을 모르다가, 막상 버리거나 떠나고 나면 그리움이 찾아들게 마련이지.

　　그런데 이 시가 "그립다. 내 거울"이라고 하는 데서 끝나버렸다면 별로 좋은 평가를 얻지 못했을 거야. 거기까지는 누구나 쉽게 생각할 수 있고, 표현할 수 있으니까. 이 작품이 '좋은 시'로 탄생한 건 마지막 다섯 글자 때문이야. "그립다. 그 애." 이 구절이 이 시를 빛나는 작품으로 만들어주고 있는 거지. 처음부터 끝까지 거울에 대한 이야기인 줄 알았는데, 마지막 순간에 가서 느닷없이 '그 애'가 튀어나왔잖아. '그 애'가 왜 튀어나왔을까? '거울'과 '그 애'는 어떤 관계가 있을까?

솔비 그 애? 그러게 누구지? 거울을 선물한 친구? 아니지 거울을 샀다고 했으니까 그건 아니고……. 혹시 거울을 의인화한 건 아닐까?

아빠 거울을 의인화했다? 그럴싸한 추리구나. 그렇게 읽어도 되긴 할 거야. 하지만 나는 조금 다르게 생각해봤어. 그 애는 자신이 사귀던 남친을 말하는 게 아닐까 하고 말이지. 시를 잘 읽어보면 거울을 이야기하는 척하면서 사실은 그 애에 대한 이야기를 하고 싶었다는 걸 알 수 있을 거야. 처음 그 애를 만났을 때는 한없이 마음이 끌리고 좋았던 모양이야. 하지만 오래 사귀다 보니 처음에는 모든 것이 좋아 보였던 그 애의 단점이 보이기 시작했을 수도 있지. 사람 사이의 관계와 사귐이라는 게 다 그래. 오래 사귀는 과정에서 서로 편해지다 보면 처음의 감정이 시들해지기도 하니까. 그래서 헤어지고 나면 그제야 후회하는 마음이 찾아들기도 하는 법이고.

시라는 것은 이렇게 '직접 말하기'보다 '돌려 말하기'의 특징을 가지고 있어. 시를 쓸 때 '처음에는 그 애가 좋아서 사귀었는데 어느 날 싫증이 나서 차버렸더니, 나중에 그 애가 보고 싶어졌어'라는 식으로 써 내려갔다면 참 재미없었을 거야. 유행가 가사에서 흔히 볼 수 있는 얘기니까. 거울이라는 사물에 빗대어 그 애에 대한 나의 감정을 노래하는 것, 여기에 이 작품의 묘미와 장점이 있어.

시는 직접 드러내기보다 살짝 감추는 데서 매력을 찾을 수 있어. 독자가 생각하고 상상할 수 있는 여백을 주어야 한다는 거지. 누구나 할 수 있는 당연한 말은 백 번 늘어놓아 봐야 아무런 감동을 줄 수 없어. 같은 말이라도 다르게 표현하는 것, 그래서 독자가 '아, 이렇게 표현할 수도 있는 거구나' 하고 느끼게 만드는 것, 그게 시의 길로 들어가는 입구야.

솔비　이게 입구라면, 출구도 있겠네?

아빠　출구? 출구 같은 건 없어. 물론 한 편의 시를 완성하면 하나의 터널을 지나온 셈이 되긴 하겠지만, 그게 끝은 아니야. 이 세상에 완벽한 작품은 없는 거고, 시인들은 한 편의 시를 쓴 다음에 더 좋은 시를 쓰기 위해 다시 머리를 싸매기 마련이거든. 그러니까 시 속으로 들어가서 시와 함께 사는 거라고 말할 수 있겠구나.

솔비 아휴, 골치 아파. 그렇게 힘든 걸 왜 한대?

아빠 하하. 시인이란 존재가 그렇다는 거고, 모두가 시인이 돼서 살아가라는 건 아니잖아. 그러니까 보통 사람들은 시를 읽으면서 즐기고, 시를 쓰고 싶으면 자기가 쓰고 싶은 대로 쓰면 돼. 맨 처음에 말한 것처럼 시란 이런 거라고 고정된 게 아니니까. 지금 시를 쓰는 법에 대해 말하고 있지만 대표적인 몇 가지 방법을 소개하고 있을 뿐이야. 비유를 전혀 사용하지 않은 시도 있고, 돌려 말하는 대신 하고 싶은 말을 직접 대놓고 하는 시도 많아. 시를 쓰는 방식은 여러 가지라는 거고, 다만 어떻게 하면 잘 쓸 수 있을지에 대해 몇 가지 팁을 제공하는 것이라고 할 수 있지.

세상에 쉬운 일은 하나도 없어. 목수가 집 짓는 일은 얼마나 어렵겠니? 오랜 세월 동안 기능을 갈고 닦아야 해. 망치로 못을 박거나 대패질을 하는 게 보기엔 쉬워 보여도 실제로 해보면 잘 안 되거든. 아이돌 가수들도 정식 무대에 등장하기 전에 몇 년 동안 혹독한 연습생 시절을 거친다고 하잖아.

이야기가 조금 엇나간 것 같은데, 돌려 말하기와 관련해서 다른 이야기를 하나 더 해볼게. 옛날 중국 송나라 때 궁궐에서 뛰어난 화가를 선발하려고 그림 잘 그리는 사람들을 모아놓고 실기 시험을 봤대. 그림 주제로 "꽃 밟으며 돌아가니 말발굽이 향기롭구나"라는 시 구절을 제시했더니 시험장에 모인 사람들이 다들 당황했다는구나. 말발굽에서 향기가 난다는 걸 대체 그림으로 어떻게 표현해야 할지 몰라 막막했던 거지. 그런데 1등을 차지한 사람의 그림을 보고 모두 고개를 끄덕였다고 해.

그 사람은 달리는 말 뒤로 몇 마리 나비가 쫓아오고 있는 모습을 그렸거든. 나비가 말을 쫓아오는 모습을 통해 말발굽에서 향기가 난다는 걸 간접적으로 표현한 거지. 정말 대단하지 않니? 앞서 말한 홍운탁월烘雲托月의 기법과도 통하는 일화라고 할 수 있을 텐데, 이걸 시 쓰기에도 적용할 수 있을 거야. 그래서 사람들이 시에 쓰인 탁월한 표현을 발견하면 무릎을 치면서 감탄하기도 하는 거지.

솔비 말발굽 향기를 그림으로 표현한 얘기는 발상이 참 중요하다는 걸 깨닫게 해주네. 오늘은 그 얘기만 기억해도 충분히 많은 걸 배운 것 같아.

아빠   그래도 진도를 조금만 더 나가보자. 혹시 알레고리allegory 라는 말을 들어봤니? 이것도 넓은 의미에서는 비유에 속하기도 하지만 조금 다른 측면이 있어. 알레고리는 어떤 내용을 전달할 때 직접 말하지 않고 그와 유사한 다른 상황의 이야기를 들려주어서 간접적으로 깨닫게 하는 방식을 말해. 비유가 대상과 대상을 연결하는 방식이라면 알레고리는 상황과 상황을 연결하는 거라고 할 수 있겠구나.

이솝우화 이야기를 모르는 사람은 없겠지? 이솝우화에는 사람이 아니라 다양한 동물이 등장하잖아. 그런데 이솝이 만든 우화는 동물들에게 들려주려고 만든 이야기가 아니라 사람들에게 들려주려고 만든 이야기야. 동물을 등장시켰지만 결국은 사람들에게 교훈이나 깨달음을 주기 위한 의도를 담은 이야기인 셈이지. 이런 게 바로 알레고리야. 앞서 말한 돌려 말하기와 통하는 지점이 있을 텐데, 시에도 이런 알레고리를 이용한 작품이 많아.

좀 길긴 하지만 신동엽 시인의 시 한 편을 함께 감상해보자.

산문시 1

스칸디나비아라던가 뭐라구 하는 고장에서는 아름다운 석양 대통령이라고 하는 직업을 가진 아저씨가 꽃리본 단 딸아이의 손 이끌고 백화점 거리 칫솔 사러 나오신단다. 탄광 퇴근하는

광부들의 작업복 뒷주머니마다엔 기름 묻은 책 하이데거 러쎌
헤밍웨이 장자莊子 휴가 여행 떠나는 국무총리 서울역 삼등대
합실 매표구 앞을 뙤약볕 흡쓰며 줄지어 서 있을 때 그걸 본 서
울역장 기쁘시겠소라는 인사 한마디 남길 뿐 평화스러이 자기
사무실 문 열고 들어가더란다. 남해에서 북강까지 넘실대는
물결 동해에서 서해까지 팔랑대는 꽃밭 땅에서 하늘로 치솟는
무지갯빛 분수 이름은 잊었지만 뭐라군가 불리우는 그 중립국
에선 하나에서 백까지가 다 대학 나온 농민들 트럭을 두 대씩
이나 가지고 대리석 별장에서 산다지만 대통령 이름은 잘 몰
라도 새 이름 꽃 이름 지휘자 이름 극작가 이름은 훤하더란다
애당초 어느 쪽 패거리에도 총 쏘는 야만엔 가담치 않기로 작
정한 그 지성知性 그래서 어린이들은 사람 죽이는 시늉을 아
니하고도 아름다운 놀이 꽃동산처럼 풍요로운 나라, 억만금을
준대도 싫었다 자기네 포도밭은 사람 상처 내는 미사일 기지
도 탱크 기지도 들어올 수 없소 끝끝내 사나이 나라 배짱 지킨
국민들, 반도의 달밤 무너진 성터 가의 입맞춤이며 푸짐한 타
작 소리 춤 사색思索뿐 하늘로 가는 길가엔 황토빛 노을 물든
석양 대통령이라고 하는 직함을 가진 신사가 자전거 꽁무니에
막걸리 병을 싣고 삼십 리 시골길 시인의 집을 놀러 가더란다.

솔비　　이런 나라가 정말 있는 건 아니지?

아빠 스칸디나비아 반도에 있는 스웨덴, 노르웨이, 핀란드 같은 나라들이 평화롭게 살고 있는 건 맞아. 하지만 딱 어느 나라 하나를 구체적으로 말하고 있는 건 아닐 테고, 우리가 꿈꾸는 이상적인 나라를 상상하면서 쓴 시라고 보는 게 맞을 것 같아. 일종의 유토피아라고나 할까? 그런데 유토피아는 어느 곳에도 없는 장소라는 뜻을 지니고 있대. 현실에서는 존재하기 힘들지만 그런 나라가 있으면 좋겠다고 누구나 생각하잖아.

솔비 홍길동이 세웠다는 율도국 같은 거네.

아빠 그렇지. 시에서 말한 나라가 지구상에 존재하고 있지는 않지만 진짜로 있다면 누구나 그 나라로 가서 살고 싶은 마음이 절로 일어나지 않겠니? 누구나 평화로운 세상을 꿈꾸지만, 여전히 우리가 사는 지구 곳곳에서 총성이 그치지 않는 게 현실이니까. 팔레스타인에서는 지금도 이스라엘 군인들이 쏜 총에 맞아 사람들이 죽어가고, 얼마 전에는 전쟁을 피해 우리나라 제주도까지 흘러들어온 예멘 출신 난민들이 있었잖아. 그래도 꿈꾸는 일을 멈춰서는 안 돼. 모든 꿈이 현실에서 다 이루어지는 건 아니지만 꿈조차 꾸지 않으면서 이루어낼 수 있는 건 없으니까.

시인은 우리나라 나아가서는 세계의 모든 나라가 앞으로

만들어가야 할 세상의 모습을 제시하고 있어. 그런 나라가 스칸디나비아 어딘가에 있다는 식으로 돌려서 말하는 거지. 실제로 존재하는 나라냐 아니냐는 중요하지 않아. 그런 나라를 상상하는 것만으로도 충분히 흐뭇한 일이고, 그럼으로써 우리가 추구해야 할 이상理想을 잊지 않으면 되는 거 아닐까? 어쩌면 그래서 시인이라는 존재가 필요한 건지도 몰라. 남들이 꾸지 않는 꿈을 앞서서 꾸는 사람이 있어서 조금씩 세상이 바뀌기도 하는 거니까.

솔비 그러니까 시는 불가능을 꿈꾸는 일이기도 하다는 거네.

아빠 신동엽 시인은 다른 시에서, 휴전선을 마주보고 있던 남과 북의 탱크들이 일제히 뒤로 돌아 서귀포 밖과 두만강 밖으로 물러가는 꿈을 꾸기도 했어. 실제로 그런 날이 언젠가는 오기는 올 거야. 우리가 그런 믿음을 버리지 않는다면 말이지.

10장

발상의 전환
다른 각도로 바라보기

솔비　오늘 준비한 얘기는 뭐야? 어제 말한 돌려 말하기보다 중요한 거야?

아빠　어느 게 더 중요하다고 말하긴 힘들고, 지금까지 한 얘기와 앞으로 할 얘기들이 모두 중요하다고 해야 맞겠네.

솔비　그럼 오늘의 중요한 얘기를 시작해봐. 열심히 들을게.

아빠　며칠 전에 재미있는 영상을 봤어. 가게를 새로 열거나 하면 홍보를 하려고 길거리에서 전단지를 나눠 주는 경우가 많잖아.

솔비 그런 거 보면 짜증날 때가 있어. 받기 싫은데 억지로 주는 경우도 있고, 받은 사람들도 아무 데나 막 버려서 길거리가 지저분해지기도 하고.

아빠 그렇긴 한데, 그 사람들도 다 먹고살기 위해 그런 거니까 어쩔 수 없긴 하지. 전단지를 나눠 주면 안 받고 그냥 가는 사람도 많아. 그런데 내가 본 영상에서는 멀리 지나가던 사람들까지 일부러 다가와서 서로 받아가는 거야.

솔비 그런 경우도 있어? 전단지 나눠 주는 사람이 엄청 미인이었나? 아니면 춤이라도 추면서 나눠 줬나?

아빠 그건 아니고, 보통 사람들은 그냥 서서 나눠 주잖아. 그 사람은 곰인형 복장 같은 걸 하고 길바닥에 삐딱하게 누워서 나눠 주고 있었어. 그러니까 사람들이 신기하다는 듯이 다가와서 받아가더라.

솔비 누군지 몰라도 머리를 잘 썼네.

아빠 발상의 전환이 먹혀 들어간 셈이지. 시를 쓸 때도 참고할

만한 사례일 것 같아. 남들과 똑같이 쓰려고 하지 마라. 자신만의 생각과 느낌을 표현하려고 노력해라. 시를 쓰려는 사람들에게 이런 얘기를 많이 하거든. 한마디로 사물이나 세상을 바라보는 자신만의 눈, 즉 개성을 가지라는 얘기잖아.

누구나 할 수 있는 똑같은 얘기를 하면 재미가 없는 법이야. 봄이 오면 꽃이 피고 새가 운다, 그래서 봄이 좋다고 하면 그런 얘기를 듣고 신기하다며 귀를 기울일 사람은 아무도 없어. 오히려 봄이 왔는데도 꽃이 안 핀다고 말하는 사람이 있다면, 어떻게 그런 일이 있을 수 있나 싶어서 그 이유를 듣고 싶어 할 거야. T. S. 엘리엇이라는 영국 시인이 쓴 「황무지」라는 시에 "4월은 가장 잔인한 달"이라는 유명한 구절이 있어.

솔비　근데 4월이 왜 가장 잔인한 달이야?

아빠　그건 엘리엇에게 직접 물어봐야 알겠지만, 보통 이렇게 해석을 하더라. 4월은 생명이 움트는 계절이잖아. 그런데 모든 생명의 탄생에는 고통이 따르게 마련이야. 어머니들이 아기를 낳을 때 얼마나 큰 고통을 겪는지 누구나 알고 있는 것처럼. "4월은 가장 잔인한 달"이라는 구절 다음에 "죽은 땅에서 라일락을 키워내고 / 추억과 욕정을 뒤섞고 / 잠든 뿌리를 봄비로 깨운다"라는 구절이 이어져. '죽은 땅'과 '잠든 뿌리'는 어쩌면 가장 편안한 상태인지도 몰라. 그냥 가만히 있으면 되니까. 그런데 어떻게든 살아내려면 얼어붙은 땅속에서 뿌리가 수분을 끌어올리기 위해 안간힘을 써야겠지. 다시 태어나는 재생再生 과정은 그렇게 힘든 상황을 뚫어야 한다는 거고, 그런 운명을 가혹하다고 여겨서 잔인하다는 표현을 했을 거야.

대부분의 사람들은 4월을 노래하면서 주로 생명 탄생의 기쁨과 아름다움을 말하는데, 엘리엇은 거꾸로 접근을 한 거고, 그래서 그 구절이 수많은 사람들에게 깊은 인상을 준 거야.

엘리엇 이야기는 이 정도로 하고, 내 시를 보면서 이야기를 이어가자.

하파타 순

내 이름은 강나리
개나리라고 놀릴 때마다 화가 나지만
더 화딱지 나는 건
출석부 1번은 언제나 내 차지라는 것

1번부터 나와!
1번부터 풀어봐!

1번부터 줄 서!

출석번호는 왜 항상 가나다 순이죠?
하파타 순으로 하면 안 되나요?

솔비 이 시도 아빠 청소년시집에 있는 거네. 아빠가 가르친 학생 중에 강나리가 있었어?

아빠 그건 아니고, 다른 동료 선생님한테 들은 얘기를 가지고 시를 쓴 거야. 그 반에 정말 학기 초에 번호 때문에 따지러 온 애가 있었대. 듣고 나서 생각하니까 맨날 1번만 해야 하는 학생들 처지도 이해가 가더라는 거야. 정해진 제도라는 건 쉽게 바뀌지 않고, 그러다 보면 그런 제도 때문에 피해를 당하는 사람도 있기 마련이야. 하지만 대부분 그런 문제에 대해 신경을 안 쓰고 있지. '가나다 순'이 당연하다고 말할 때 그건 아니라고, 다르게 생각해보라고 하는 사람도 있어야 해. 솔비는 출석번호를 가나다 순이 아니라 하파타 순으로 하면 큰일이라도 난다고 생각하니?

솔비 큰일이야 나겠어? 근데 솔직히 아빠 시를 보기 전까지는 나도 그런 생각 자체를 한 번도 안 해봤어. 그리고 하파타 순으로 하면 헷갈리고 불편할 것 같긴 해.

아빠　솔비뿐만 아니라 많은 사람이 그렇게 생각할 수 있겠구나. 하지만 때로는 불편을 감수하는 것도 이 세상을 사랑하는 방법 중 하나가 될 거야. 다수가 원하고 그들이 편한 대로만 세상이 굴러간다면 소수에 속하는 사람들은 설 자리가 없지 않겠니? 가령 장애인들을 위한 편의시설을 만드는 데 돈이 많이 들어간다거나 하는 이유로 외면한다면 장애인들은 어디서 어떻게 생활해야 할까? 그런 예는 무척 많을 거야.

　　내가 아는 후배는 축구 동호회에 들어가서 가끔 공을 찬다는데, 그 동호회 규칙이 참 이상해. 골을 넣은 사람은 반드시 골키퍼를 해야 한다는 거야. 이유는 한 사람이 너무 많은 골을 넣지 않도록 하기 위해서라는구나. 같은 팀 선수라도 기량에 차이가 있을 수 있잖아. 공격을 잘하는 사람이 계속 공격수만 하고, 그러다 그 선수가 골을 많이 넣으면 환호와 영광이 오로지 한 사람에게 집중될 수 있으니까 그런 걸 방지하자는 거지.

　　그 얘기를 들었을 때 참 멋지구나 하는 생각을 했어. 상대 팀을 이기는 데 목적을 두는 게 아니라 공을 잘 차는 사람이나 못 차는 사람이나 구분 없이 함께 즐기는 데 목적을 두는 것, 그게 진정한 스포츠 정신이 아닐까 하는 생각도 했지. 그 축구동호회가 그럴 수 있었던 건 기존의 규칙 같은 것에 매달리지 않았기 때문이야. 그러면서 자신들만의 규칙을 따로 만든 거지. 그런 상상력이 아름다운 세상으로 가는 징검다리 같은 역할을 할 수 있을 거라고 믿어.

시를 쓸 때도 자신만의 눈으로 세상과 사물을 바라보고 파악하는 게 중요하다고 했잖아. 뇌성마비에 걸린 사람이 몸을 흔들며 걸어가는 모습에서 아름다운 춤 동작을 본 시인이 있고, 시각장애인으로서 시를 쓰는 어떤 시인은 스스로 열 개의 눈동자를 가졌다고 말하기도 했어. 시각장애인은 손으로 만져서 사물을 판별하니까 열 손가락 하나하나가 눈동자나 다름없다고 본 거야. 그렇게 절망스러울 수도 있는 상황을 희망이 깃든 상황으로 변화시켜낼 수 있는 것이지. 시 한 편이 당장 불합리하거나 모순된 세상의 제도를 바꿀 수는 없어. 하지만 세상을 다른 눈으로 보도록 하는 상상력을 길러주는 데는 도움이 될 거야.

솔비 다른 사람과 똑같은 눈으로 보지 말라는 건 알겠고, 다른 데서도 그런 얘길 많이 듣긴 했는데, 그게 말처럼 쉬운 일이 아니잖아.

아빠 고정관념이나 편견에 사로잡히지 말라는 거고, 그러려면 눈에 안 보이는 걸 보려는 노력이 필요하단다. 진실은 앞면보다 뒷면에 숨어 있는 경우가 많거든. 그래서 같은 사물이나 풍경을 보더라도 앞에서만 보지 말고 옆에서도 보고, 아래서 올려다보기도 하고, 뒤로 돌아가서도 보고, 정 안 되면 물구나무서서 보는 것도 필요하지. 보는 각도만 살짝 바꿔도 거기서 남들과 다른 생각이 피어날 수 있어.

지금 아빠 책장에 책이 가지런히 잘 꽂혀 있지만 책장을 들어내면 그 뒤에 아마 수많은 먼지 덩어리가 엉겨 있을 거야. 사람을 겉모습만 보고 판단하면 안 되는 것처럼, 이 세상 모든 것들은 눈으로 보는 것과 실제 내막이 다를 수도 있어. 그리고 모든 사물과 현상은 시간이 지남에 따라 변하게 마련이야. 그런 변화까지도 염두에 두면서 살펴보고 생각할 필요가 있지.

덧붙여 말하자면 과학적 사고나 논리적 사고하고 시적 사고는 달라. 내가 말이 안 되는 것도 말이 되도록 만드는 게 시라고 얘기한 적이 있을 거야. 윤동주 시인이 쓴 동시 중에 「개」라는 작품이 있어. 눈이 오면 개들이 좋아서 팔짝팔짝 뛰어다닌다고 하잖아. 그런데 사실은 차가운 눈을 밟으니까 발바닥이 시려서 그러는 거래. 이런 게 과학적으로 사고하고 판단하는 거지. 그런데 윤동주 시인은 시에서 개가 꽃을 그리면서 뛴다고 표현했어. 마당을 빙빙 돌면서 뛰니까 눈 위에 찍힌 개 발자국이 마치 꽃의 모습처럼 보였던 모양이야. 과학적으로는 말이 안 되지만 시에서는 충분히 말이 돼. 봄바람에 벚꽃 잎이 흩날리는 모습을 보고 사람들이 꽃비가 내린다고 표현하는데, 실제 비는 아니지만 그게 틀린 말이라고는 안 하잖아. 그런 게 바로 시적인 접근법이라고 할 수 있어.

솔비　제 눈에 안경이라더니, 시인들은 전부 자기만의 안경을 쓰고 다니나 봐. 그러니까 남들과 다른 시선으로 보는 게 가능하겠지.

아빠　제 눈에 안경은 보고 싶은 대로만 보는 거니까 그건 좀 안 맞는 표현 같아. 한쪽으로만 치우쳐서 보면 안 되거든. 여러 측면을 함께 살필 수 있어야지. 가령 겉으로는 밝고 활동적이지만, 마음에 있는 상처를 감추기 위해 일부러 과장된 행동을 하는 사람도 있거든. 밤이 겉껍질엔 날카로운 가시를 달고 있지만 속에는 맛있는 알밤이 숨어 있기도 하고. 그런 측면들을 함께 들여다볼 수 있는 눈을 기르는 게 중요해. 그래서 나는 시인을 겹눈을 지닌 존재라고 부르면 어떨까 싶구나.

솔비　겹눈이 있으면 사물을 여러 각도로 볼 수 있다는 거지?

아빠 그런 얘기야. 다른 말로 하면 마음의 눈으로 볼 수 있어야 한다는 말이기도 해. 사람에게는 두 개의 눈이 있어. 육안肉眼, 즉 육체의 눈과 심안心眼, 즉 마음의 눈을 동시에 갖고 있지. 이때 시인에게 필요한 건 육체의 눈보다 마음의 눈이야. 마음의 눈으로 들여다볼 때 겉으로는 보이지 않는 진실이 더 잘 보이는 법이거든. 그런 의미로 내가 다른 각도에서 마음의 눈으로 보고 쓴 시 한 편을 들려줄게.

개학 첫날

여름방학 끝나고 다시 출근했더니
등꽃이 먼저 반겨주더군.
다른 놈들은 이미 서너 달 전에 피었다 졌고
휘감아 올라간 넝쿨마다
기다란 씨주머니들 주렁주렁 매달렸는데
어쩌자고 뒤늦게 몇 놈
수줍게 고개 내밀고 있더군.

늦된 게 부끄러운 줄 알기는 아는 모양
무성한 이파리 틈새에 숨어 있는
보랏빛 꽃송이를 보고 있자니

꼭 그런 놈들이 떠오르더군.

수업시간 내내 졸다가 끝날 무렵
엉뚱한 질문이나 해 대는 놈
남들 다 해 오는 숙제
미루고 미루다 막판에 내는 놈
몇 박자씩 꼭 늦는 놈

하지만 그런 놈들도 꽃은 꽃 아니냐.
남들보다 서너 걸음 뒤졌지만
언젠가 한번은 꽃 피는 인생 아니냐.
개학 첫날부터
그런 생각이 들더군.
선생 노릇 다시 돌아보게 되더군.

솔비   늦게 피어도 꽃은 꽃이다! 그래서 아빠는 그런 아이들이 예쁘게 보였어? 숙제도 안 해 오고 말썽만 피우는 애들이 말이야.

아빠   하하. 그런 애들이 마냥 예쁠 수야 없지. 나도 사람인데, 때로는 화도 나고 짜증도 나는 게 당연하지 않겠니? 그렇지만 그런 애들을 미워하지 않으려고 애를 썼다는 말은 할 수 있겠구나. 그리고 졸업할 때면 공부 잘한 애들보다 그런 애들이 나한테 와서 울고 가기도 했는걸. 그럼 된 거잖아.

솔비　오호, 굿!

11장

보여주기와 질문하기

솔비　아빠, 시를 쓰려고 할 때 빠지기 쉬운 함정이라고 할까, 조심해야 할 게 뭐가 있을까?

아빠　학생들이나 아마추어들이 쓴 시들을 보면 설명하려는 문장들이 많이 보여. 그런데 시는 설명하는 게 아니라 그냥 보여주는 거야. 설명하려고 들면 말이 많아지고 군소리가 들어가게 돼 있거든. 시는 기본적으로 불친절한 글이야. 일일이 풀어서 알아듣기 쉽게 설명해주는 글이 아니라, 보여주고 싶은 장면을 던져놓고 해석은 독자들이 하라는 거지.

　　일제강점기에 활동했던 백석이라는 시인이 쓴 시를 보도록 하자. 고등학교 국어교과서에도 자주 실리고, 많은 사람들이 좋아하는 시야. 천천히 읽으면서 어떤 사연이 담겨 있는지 생각해봐. 잘 이해가 안 되면 다시 한 번 더 읽어보고.

여승 女僧

여승은 합장하고 절을 했다
가지취의 내음새가 났다
쓸쓸한 낯이 옛날같이 늙었다
나는 불경처럼 서러워졌다

평안도의 어느 산 깊은 금점판
나는 파리한 여인에게서 옥수수를 샀다
여인은 나 어린 딸아이를 따리며 가을밤같이 차게 울었다

섶벌같이 나아간 지아비 기다려 십년이 갔다
지아비는 돌아오지 않고
어린 딸은 도라지꽃이 좋아 돌무덤으로 갔다

산꿩도 설게 울은 슬픈 날이 있었다
산절의 마당귀에 여인의 머리오리가 눈물방울과 같이 떨어진
날이 있었다

솔비　남편은 집을 나가서 돌아오지 않고 딸은 죽고, 그래서 결국 머리를 깎고 스님이 된 여자 이야기라는 건 대충 알겠는데, 어려운 낱말이 많이 나오네.

아빠　낱말 뜻을 일일이 알지는 못하더라도 전체적으로 시를 이해하는 데 무리는 없을 거야. 방금 솔비가 시에 담긴 줄거리를 잘 파악했으니까. 그래도 낯선 낱말들을 알아두면 더 좋긴 하겠지. 가지취는 산에 나는 취나물의 일종이고, 금점판은 예전에 금을 캐는 금광을 말해. 지아비가 남편을 가리키는 말이라는 건 알지? "섶벌같이"에서 섶벌은 야생에 사는 벌 종류라는데, 벌집을 나가서 밖에서 활동하는 시간이 많대.

　　　시의 화자가 여승을 만났는데, 알고 봤더니 예전에 금점판에서 옥수수를 팔던 여인이었던 모양이야. 여승을 본 순간 그때 자신이 옥수수를 샀던 그 여인이라는 걸 알아봤겠지. 그리고 스님이 될 수밖에 없었던 사연을 전해 들었을 테고. 이 시를 산문으로 쓰면 아마 긴 수필이나 단편소설 정도는 됐을 거야. 하지만 백석 시인은 모든 걸 생략하고 꼭 필요한 얘기만 전달하고 있어. 여승을 어디서 어떻게 만나게 됐는지에 대한 말도 없고, 여인의 남편이 왜 집을 나가서 돌아오지 않는지, 어린 딸은 왜 이른 나이에 죽게 됐는지, 아무런 설명이 없잖아. 그런 모든 사연을 구구절절

보여주기와 질문하기

늘어놓지 않아도 독자들은 스님이 된 여인의 슬픔을 그대로 전해 받을 수 있어.

시인은 서러운 한 여인의 사연만 전달할 뿐이야. 여인이 불쌍한 건 알겠는데 그래서 어쩌라고? 혹시라도 그렇게 생각하는 독자가 있다면, 시는 그 이상을 말해줄 수 없다는 얘기만 해야 겠구나. 시는 정답을 알려주거나 개인이나 사회의 문제를 해결할 수 있는 방법을 제시해주는 게 아니거든. 시가 그리고 있는 인물이나 장면에 공감하도록 하는 것, 그럼으로써 개인의 삶과 우리가 살아가는 사회의 모습에 대해 생각해보도록 하는 것, 거기까지가 시의 역할이야.

아름다운 건 아름다운 대로, 추악한 건 추악한 대로 펼쳐 보여주면서 판단은 독자들이 하라는 거지. 그렇게만 해도 독자들은 시를 통해 얼마든지 아름다운 세상을 꿈꾸거나, 우리가 사는 세상이 아름답지 못하다면 무엇을 어떻게 해야 할지 고민하게 되거든. 그 과정에서 자신의 삶을 돌아보기도 할 테고.

시는 설명하는 게 아니라 보여주는 거라고 했는데, 거기에 딱 맞는 시가 한 편 있어. 내게 선배뻘 되는 신현수 시인이 쓴 작품이야.

아, 아, 4.3

제주시 일도리 23 이도리 53 도남리 27 삼도리 46 용담리 45 건입리 47 화북리 343 삼양리 217 도련리 185 용강리 134 봉개리 269 회천리 122 아라리 203 영평리 127 월평리 71 오라리 238 오등리 104 연등리 101 노형리 523 해안리 83 외도리 62 내도리 24 도평리 147 이호리 345 도두리 276 **서귀포시** 동홍리 52 법환리 16 보목리 2 상효리 38 서귀리 47 서호리 21 서홍리 136 신효리 33 토평리92 하효리 39 호근리 62 강정리 162 대포리 37 도순리 58 상예리 81 색달리 65 영남리 55 용흥리 2 월평리 19 중문리 105 하예리 38 하원리 52 회수리 44 **북제주군** 귀덕리 39 금능리 13 금악리 150 대림리 25 동명리 51 명월리 133 상대리 14 상명리 54 수원리 15 옹포리 1 월림리 2 한림리 43 월령리 1 한수리 1 협재리 11 고산리 50 금등리 4 낙천리 35 두모리 22 산양리 1 신창리 6 용수리 17 저지리 115 조수리 53 청수리 107 판포리 19 고내리 34 고성리 87 곽지리 24 광령리 181 구엄리 39 금덕리 104 금성리 8 남읍리 70 상가리 49 상귀리 67 소길리 65 수산리 76 신엄리 40 애월리 55 어도리 136 어음리 65 장전리 99 하가리 36 하귀리 258 김녕리 43 덕천리 31 동북리 126 상도리 49 세화리 61 송당리 83 연평리 9 월정리 50 종달리 92 평대리 37 하도리 148 한동리 28 행원리 102 교래리 74 대흘리 131 **북촌리 424(479)** 신촌리 173 선흘리 215 신흥리 105 와산리 81 와흘리 136 조천리 224 함덕리 264 **남제주군** 가파리 12 구억리 15 동일리 50 무릉리 65 보성리 34 상모리 56 신도리 65 신평리 92 안성리 39 영락리 39 인성리 21 일과리 38 하모리 85 남원리 101 수망리 102 신례리 89 신흥리 122 위미리 56 의귀리 248 태흥리 98 하례리 37 한남리 110 고성리 69 난산리 98 삼달리 15 성산리 14 수산리 131 시흥리 14 신산리 11 신양리 7 신천리 2 신풍리 27 오조리 53 온평리 15 감산리 79 광평리 27 덕수리 36 동광리 157 사계리 33 상창리 103 상천리 57 서광리 94 창천리 60 화순리 25 가시리 411 성읍리 75 세화리 33 토산리 163 표선리 13 하천리 4 도외본적 56

솔비 아빠는 참 이상한 시들도 많이 알아.

아빠 아빠가 시인이니까 그렇지. 아무래도 다른 사람들보다는 훨씬 많은 시를 알고 있는 게 당연하지 않겠어?

솔비 하여튼 아빠가 이 세상에는 별의별 시가 다 있다고 했으니까 이것도 시인가 보다 하고 생각은 하겠는데, 솔직히 당황스러운 건 사실이야.

아빠　우선 제목에 있는 4·3에 대해 알아야 하는데, 솔비는 아직 잘 모를 거야. 최대한 간단히 설명할 테니까 잘 들어봐. 우리나라가 1945년에 해방이 됐잖아. 하지만 너도 알다시피 바로 독립된 정부를 세우지 못했어. 북위 38도선을 경계로 해서 남한에는 미군이, 북한에는 소련군이 들어와서 통치를 했거든. 남북을 합쳐서 통일정부를 세우면 좋았을 테고, 김구 선생을 비롯한 많은 사람들이 남북협상을 통해 그런 방법을 찾으려고 했지만 결국 실패로 돌아가고 말아. 그러면서 남한에서 먼저 단독선거를 통해 정부를 세우려는 움직임이 있었고, 이에 대해 남조선노동당이라는—줄여서 남로당이라고 해—조직에 속해 있던 좌익 세력이 반발을 했지. 그러다가 제주도에 있던 남로당 사람들이 1948년 4월 3일에 경찰서를 습격한 거야. 그러자 경찰과 군인들이 남로당을 토벌한다며 출동을 하게 됐고, 결국 엄청난 비극이 시작됐지.

　　남로당 사람들은 주로 산속에 숨어서 활동했는데, 그들을 소탕하겠다면서 산간 마을에 살던 민간인들까지 마구잡이로 죽이게 돼. 마을에 불을 지르고 마을 사람 전체를 죽인 경우도 많아. 그때 죽은 사람들은 실제 남로당원도 있었지만 대부분 그런 이념과는 아무런 상관이 없는 사람들이었어. 겨우 한두 살 먹은 어린아이들도 많이 죽었거든. 당시에 몇 명이 죽었는지 정확하게 파악할 수는 없지만 각종 보고서에 따르면 최소 2만 5천 명에서

3만 명 정도가 죽었다고 하는구나. 그러니 얼마나 비극적인 사건인지 알겠지?

솔비   생각나. 지난 4월 3일에 문재인 대통령이 기념식에 참석하는 장면을 아빠하고 같이 텔레비전으로 봤잖아.

아빠   기억하는구나. 4·3이 남긴 상처를 치유하기 위해 제주도에 평화공원을 세우고, 진상을 규명하기 위한 다양한 활동을 벌이고 있어. 그때 죽은 사람들 명단도 아직 정확히 작성을 하지 못했거든.

솔비   그렇다면 혹시 시에 나오는 숫자가 그때 죽은 사람들 숫자야?

아빠   그래. 네 말대로 4·3 때 제주도 각 마을에서 죽은 사람들 숫자야. 신현수 시인은 4·3의 아픔을 다룬 시를 쓰기 위해 무척 고민을 했다고 해. 그런데 참혹한 현실을 담아낼 마땅한 언어가 떠오르질 않더라는구나. 고민을 하면서 4·3 관련 자료집을 살펴보는데, 그때까지 파악한 희생자들의 명단이 실려 있더래. 명단만 있고 숫자는 표기가 안 되어 있었는데, 시인은 마을 별로 분류

된 희생자 명단의 숫자를 일일이 세었다고 해. 그리고 그 숫자를 가지고 시를 만든 거야. 숫자만 봐도 얼마나 커다란 비극이 벌어졌던 건지 충분히 짐작할 수 있잖아. 그렇게 해서 이 시가 탄생했는데, 이런 발상을 할 수 있다는 게 그리 쉬운 일은 아니야. 발상도 중요하지만 자료집을 들추며 일일이 숫자를 세던 시인의 마음을 헤아려볼 필요가 있어.

이 시에는 아무런 시적 장치나 설명이 없잖아. 그냥 죽은 사람들 숫자만 나열해서 보여주고 있으니까. 그런데도 4·3을 소재로 한 어떤 시보다 당시의 비극을 생생하게 보여주는 작품이야.

이야기를 조금만 더 진전시켜보자. 보여주기는 질문하기와도 통하는 지점이 있어. 이 시는 4·3의 비극을 보여주고 있지만 동시에 왜 그런 비극이 일어나야 했는지를 우리에게 묻고 있는 것이기도 해. 당신들은 제주도에서 왜 그렇게 많은 사람이 죽어야 했는지 알고 있느냐고, 지금까지 관심은 가지고 있었느냐고, 앞으로 그들의 원혼을 달래주려면 어떻게 하면 좋겠냐고 묻는 것일 수도 있다는 거지.

솔비   질문이면서 동시에 잊지 말라는 요구일 수도 있겠네.

아빠   우리가 사는 세상이 행복한 일들로만 채워진다면 얼마나 좋겠니? 하지만 세상에는 결코 아름다움만 있는 게 아냐. 오히려 모순되고 추악한 일들이 수시로 벌어지고 있잖아. 청년실업 문제나 비정규직에 대한 차별을 비롯해서 너희들하고 직접 관련이 있는 입시제도만 해도 문제가 많지. 그래서 항상 우리는 질문을 던져야 해. 우리가 사는 세상은 왜 이럴까, 사람이 사람답게 사는 아름다운 세상을 만들려면 어떻게 해야 할까, 하고 말야.

질문을 던지는 방식은 여러 가지가 있겠지만 시인들도 시를 통해 그런 질문을 던지는 존재라고 할 수 있어. 질문에는 세상을 향해 던지는 것도 있고, '나는 과연 누구인가? 왜 세상에 태어났으며, 어떤 삶을 살아야 하는 걸까?'처럼 자신에게 던지는 질문도 있을 거야. 살아간다는 건 그런 질문들에 대한 해답을 찾아가는 과정이고, 시는 제대로 질문하는 법을 가르쳐주는 것이기도 하지.

솔비　그럼 아빠가 쓴 시들도 그런 질문으로 이루어진 것들이겠네.

아빠　당연하지. 지난번에 소개한 「하파타 순」이라는 작품 생각나지? 그 시에서는 출석번호 정하기와 관련해서 마지막에 "하파타 순으로 하면 안 되나요?" 하고 직접 질문하는 형태를 취했잖아. 그렇게 직접 질문하는 형태를 취한 건 많지 않지만, 다른 시들도 밑바탕에는 질문이 깔려 있다고 보면 돼.

그런데 사실 그런 질문을 시인이 혼자의 힘으로 만들어낸 건 아냐. 왜냐면 세상이 먼저 시인에게 수많은 질문을 하고 있거든. 시인을 향해 자신을 보아달라고 외치는 것들이 주변에 널려 있어. 거듭 말했다시피 그들 중에는 아름다운 것도 있고, 추한 것도 있지. 너는 시인이면서 이것도 못 보고 있니? 너는 진짜 내 모습이 어떤 건지 알고 있니? 내 기쁨, 내 슬픔, 내 아픔에 대해 너는 어떻게 생각하니? 이런 목소리들이 시인 귀에 들려오는 거지.

그런 목소리를 잘 들을 수 있는 귀를 가진 사람일수록 훌륭한 시인이 될 수 있어. 그래서 시인들을 받아쓰기에 능한 사람이라고 하는 이들도 있단다. 그런 목소리들을 귀담아 듣고 정리해서, 즉 시로 만든 다음 독자들에게 다시 들려주면서 묻는 거지. 나는 이런 목소리를 들었는데 당신은 못 들었소? 내가 대신 들려준 목소리에 대해 당신은 어떻게 생각하오? 당신도 무작정 앞을 향해 달려가지만 말고 때로는 잠시 멈춰서 세상의 다양한 목소리에 귀를 기울여야 하지 않겠소? 시는 결국 이런 질문들로 이루어져 있다고 할 수 있어.

세월호 참사 이야기를 잠시 해야겠구나. 당시에 누구보다 교사들이 큰 충격을 받았다고 했잖아. 나 역시 교사였으니까, 그리고 시인이었으니까, 그 끔찍한 사태를 어떻게 이해하고 받아들여야 할지 몰랐어. 뭔가를 하긴 해야겠는데, 뭘 어떻게 해야 할지 몰랐지. 추모행사에도 참여하고, 혼자 단원고 앞에도 다녀왔지만, 그렇다고 해서 희생당한 아이들을 살려낼 수는 없는 거잖아. 막막함과 무기력 속에서 내가 시인이라는 걸 생각해냈어. 그러면서 아이들이 남기고 간 질문을 되새겨본 거야. 왜 우리가 참혹한 희생을 당해야 했는지, 이 나라는 왜 우리들을 버렸는지, 제발 알려달라는 그런 질문! 그래서 시를 쓰기 시작했어. 여러 편을 썼는데, 그중의 한 편을 들려줄게.

안산에서 안산까지, 그리고

– 2학년 9반 배향매

향매는 중국말을 잘했어요.

왜냐고요? 그야 중국에서 나고 자랐으니까요.

그런데 말예요.

향매가 태어난 곳은 안산이래요.

무슨 말이냐고요?

중국에도 안산이라는 곳이 있거든요.

참 신기하죠.

향매가 중국 안산에서 한국 안산으로 온 건

열다섯, 중학교 2학년 때래요.

4년 동안 떨어져 있던 엄마 아빠를 찾아

혼자 비행기 타고 왔대요.

관산중학교에서 예림이와 명주를 만나고

단원고등학교에서 다인이와 아라를 만나

날마다 신나고 즐거웠대요.

향매는 노란색을 좋아하고

떡꼬치를 좋아하고, 뽀로로를 좋아하고

베이비파우더 향을 좋아했대요.

향매 이름에 향기 향자가 들어 있잖아요.

그래서였을까요?

아름다운 향기를 만들어내는 조향사가

향매의 꿈이었대요.

수능시험이 끝나면 친구들과

중국 안산으로 놀러가자고 해놓고

향매는 지금 어디에 가 있는 걸까요?

이 세상에 없는 향기를 찾아

하늘나라로 갔다는 소문이 사실일까요?

친구들을 버리고

엄마 아빠와 언니를 놔두고

많고 많은 나라 중에 하필이면 하늘나라

정말로 그 먼 곳까지 간 걸까요?

향매가 떠난 며칠 뒤

그토록 기다리던 한국 영주권이 나왔다는데

향매는 왜 하늘나라 영주권을 먼저 줬을까요?

물어보고 싶은 게 너무 많은데

향매는 대답이 없고……

하늘은 말없이 푸르기만 하고……

솔비　한 명 한 명 모두 슬픈 사연이 있을 텐데, 시를 듣고 나니까 더 슬퍼진다.

아빠　시에 나오는 것처럼 배향매라는 학생은 중국교포였어. 엄마 아빠가 먼저 한국에 들어왔고, 중학생 때 부모님을 찾아 중국을 떠나온 거지. 보통 사람들은 세월호 참사로 인해 300명이 넘는 사람들이 희생당했다는 건 알지만 한 사람 한 사람이 구체적으로 어떤 삶을 살다 갔는지는 몰라. 그래서 내가 독자에게 대신 묻고 있는 거야. 당신은 혹시 배향매라는 이름을 가진 학생이 세월호에 타고 있었다는 걸 알고 있는지, 우리나라에서 나고 자란 학생뿐만 아니라 타국에서 살다 건너와서 희생당한 학생들도 있을 거라고 생각해본 적 있는지, 희생당한 학생 한 명 한 명이 꿈꾸던 미래에 대해 알고 있는지! 그랬을 때 내 시를 읽은 사람들은,

그냥 안타까운 희생자가 아니라 구체적인 형상을 가진 인물에 대해 생각하게 될 거라고 믿어.

솔비　어쩐지 오늘 밤은 많은 생각을 하면서 잠들게 될 것 같아.

아빠　슬프다고, 생각하기 싫다고 외면하거나 도망간다면 세상은 언제까지나 그대로일 거야. 세상이 나에게 던지는 질문에 성실하게 응답하려는 자세가 필요한 법이지.

12장

말놀이를 이용한 시

아빠　지난 시간에는 좀 진지한 얘기를 많이 나눈 것 같은데 오늘은 가벼운 얘기를 해보도록 하자.

솔비　나야, 좋지. 나도 무거운 것보단 가벼운 게 좋아.

아빠　시는 결국 말을 가지고 만드는 거잖아. 그런데 우리가 쓰는 말은 참 다양한 기능이 있어. 솔비가 생각하기에 말이 가진 가장 중요한 기능이 뭘까?

솔비　그야 의사소통의 기능이잖아. 국어시간에 수없이 들은 말인걸.

아빠　그래. 말을 통해서 서로의 생각과 감정을 나누는 게 중요하지. 하지만 말은 그런 기능 말고도 여러 가지 다른 기능을 지니고 있어. 그중에서도 말 자체가 지닌 유희 기능, 쉬운 말로 하면 놀이 기능이 있단다. 의미 전달보다는 그냥 재미 삼아 하는 말들도 있거든. 내가 어릴 적에 하나, 둘, 셋…… 하고 세는 대신 한놈, 두시기, 석삼, 너구리, 오징어…… 하는 식으로 세면서 친구들하고 깔깔거리고 놀았던 게 생각나.

솔비　아휴, 유치해!

아빠　원래 유치한 게 재미있는 거야. 그냥 아무 생각 없이 웃을 수 있잖아. 사람이 항상 진지하게만 살 수는 없으니까. 그렇게 되면 세상이 얼마나 재미없겠니? 솔비야, 말을 가지고 하는 놀이에 뭐가 있을까?

솔비　말로 하는 놀이? 끝말잇기 같은 거?

아빠　그래, 어릴 때 아빠하고도 해봤을 거야. 끝말잇기의 끝내기 낱말이 뭔지 아니?

솔비　산기슭!

아빠　누군가 산기슭 다음에는 슭곰발로 받으면 된다고 한 적이 있어. 슭곰은 국어사전에 큰곰을 뜻하는 옛말이라고 나와. 그러니까 슭곰발은 큰곰의 발이라는 뜻인데 국어사전에는 나오지 않는 말이지.

　　끝말잇기 말고 말꼬리 이어가기 같은 것도 있어. 너도 들어봤을 거야. 내가 한 번 해볼까? '원숭이 똥구멍은 빨개 / 빨가면 사과 / 사과는 맛있어 / 맛있으면 바나나…….' 이렇게 계속 이어가는 거잖아.

솔비　그런데 끝말잇기나 말꼬리 이어가기 같은 게 시하고 무슨 상관이 있어?

아빠　말이 가진 재미라는 게 있다는 거고, 말의 그런 특성을 이용해서 시를 지을 수도 있다는 걸 얘기하려고 그랬어. 좀 전에 말한 원숭이 똥구멍을 가지고 내가 쓴 시가 있거든. 들어볼래?

희망사항

원숭이 똥구멍은 빨개

빨가면 사과

사과는 맛있어

맛있으면 바나나

바나나는 길어

길으면 기차

기차는 빨라

빠르면 비행기

비행기는 높아

높으면 백두산

백두산보다 높은

내 성적!

어때? 재밌니? 이게 시가 되는 건 마지막을 "백두산보다 높은 / 내 성적"이라고 끝맺음하고 제목을 '희망사항'이라고 붙였기 때문이야. 그렇게 함으로써 말놀이의 재미도 살리면서 성적 때문에 고민하는 아이의 마음도 담을 수 있었지.

솔비 어째 시를 날로 먹는 거 같은데? 아닌가?

아빠   뭐든지 남이 해놓으면 쉬워 보이는 법! 하지만 막상 본인이 하려고 들면 쉽지가 않아요.

솔비   그렇긴 해. 미술시간에도 친구들이 만들거나 그린 걸 보면 '나는 왜 이런 생각을 못했지' 하는 생각을 할 때가 많으니까.

아빠   옛날 사람들도 말놀이에 관심이 많았어. 내가 우스운 옛날 이야기 하나 해줄까?

> 참나무하고 뽕나무하고 대나무가 살았는데
> 뽕나무가 방귀를 뽕뽕 뀌더래.
> 참나무가 참으시오 참으시오 하니까
> 대나무가 대끼놈 대끼놈 하더래.

솔비   이건 나도 어릴 때 들어본 것 같아.

아빠   말을 갖고 놀면서 서로 낄낄거리는 모습이 떠오르지 않니? 이렇게 말놀이는 삶의 윤활유 같은 역할을 하기도 해. 민요 중에도 말놀이를 이용한 게 있어. 〈나무 노래〉 같은 게 대표적인데, 지방마다 가사가 조금씩 다르긴 하지만 대체로 다음과 같아.

말놀이를 이용한 시

가자 가자 감나무

오자 오자 옻나무

십리 절반 오리나무

낮에 봐도 밤나무

......

나무 이름을 재미있게 풀어본 노래야. 이렇게 말을 이용하면 얼마든지 재미있는 걸 만들 수 있어. 그게 우리말의 특징이기도 하지. 이번엔 내가 우리말을 이용해서 쓴 시야.

눈치코치

눈치가 코치에게 말했어.

우리 동무하자.

코치가 기쁜 마음으로 대답했어.

우린 좋은 동무가 될 거야.

그날부터 눈치와 코치는

어깨동무하고 다녔어.

남들이 샘을 내도

눈치코치 보지 않기로 했어.

솔비　와, 눈치와 코치가 대화를 하네. 어떻게 이런 생각을 해냈을까?

아빠　우리말을 잘 들여다보면 재미있는 게 많아. 눈치코치처럼 알콩달콩이라는 말을 알콩이와 달콩이로 나눠서 다시 쓸 수도 있을 거야. 솔비가 한번 해볼래?

솔비　그럴까? 재밌겠는데!

알콩달콩

알콩이가 달콩이에게 말했어.
우리 동무하자.

달콩이가 기쁜 마음으로 대답했어.
우린 좋은 동무가 될 거야.

그날부터 알콩이와 달콩이는
어깨동무하고 다녔어.

남들이 샘을 내도
알콩달콩 지내기로 했어.

아빠　잘하네. 그렇게 하면 되는 거야. 솔비가 한 건 아빠 시를 보고 한 거니까 일종의 모방시가 되겠구나. 남의 시를 흉내 내서 쓰는 것도 시의 기술을 익히는 방법이 될 수 있어. 마지막으로 한하운 시인이 쓴 시를 소개할게.

개구리

가갸 거겨
고교 구규
그기 가.

라랴 러려
로료 루류
르리 라.

솔비　이게 전부야? 뒤에 이어지는 다른 내용은 없고? 아무리 봐도 뭘 말하려는지 모르겠는데? 제목은 '개구리'인데, 개구리 소리를 흉내 낸 것도 아닌 것 같고.

아빠　시는 고정된 게 아니고 세상에는 수많은 형태의 시가 있다고 했잖아. 이 시도 좀 특이하기는 하지만 나는 참 재미있는 시라고 봤어. 이 시를 감상하려면 시인이 어떤 상황을 보고 쓴 시일까를 상상하면서 읽어볼 필요가 있어.

솔비　재미는 있는 거 같은데, 그래도 잘 모르겠어. 개구리가 학교에 가서 한글을 배운다? 물론 동화라면 그런 설정도 가능할 것 같긴 하지만.

아빠　그렇게 읽어도 상관없어. 시라는 건 다양한 방법으로 읽고 즐길 수 있는 거니까. 한하운 시인은 나병환자였어. 나병환자를 다른 말로 문둥이라고 했지. 살이 썩어 들어가는 병이다 보니 몰골이 흉측하다는 이유로 세상 사람들에게 버림받고 떠돌던 때가 있었지. 그러다가 어느 시골의 초등학교 근처를 지나가게 됐을지도 몰라. 초등학교 1학년들은 입학하면 한글부터 배우잖아. 학교 담장을 지나다가 아이들이 선생님을 따라 한목소리로 '가갸 거겨' 하고 외우는 소리를 들었을 수도 있지 않을까? 나는 그런 식으로 상상을 해봤어. 그리고 시인은 아이들이 한글 외우는 소리가 마치 개구리들이 합창하는 것처럼 여겼을 수도 있고. 이건 어디까지나 내가 읽고 싶은 대로 읽은 건데, 시는 이렇게 다양한 해석을 향해 열려 있기도 해.

솔비 그럼 미국 개구리들은 '에이 비 시 디……' 하고 울어댈지도 모르겠네.

아빠 하하. 그럴지도 모르겠구나.

13장

풍자와 해학을 이용한 시

솔비　어제는 시를 가볍고 재미있게 쓸 수도 있다는 걸 알게 됐어. 오늘은 또 어떤 시들에 대한 이야기가 나올까?

아빠　오늘은 풍자와 해학에 대한 이야기를 준비했어. 풍자와 해학이라는 말은 고전소설 배울 때 많이 들었을 거야. 풍자는 잘못된 집단이나 체제 그리고 부당하게 권력을 행사하는 자들을 비꼬는 거고, 해학은 그려내고자 하는 대상을 익살스럽고 우스꽝스럽게 표현하는 걸 말해. 그래서 풍자는 날카로운 비판이 중심을 이루고, 해학은 재미있는 표현을 사용해서 웃음이 나오도록 만들어주지.

풍자와 해학은 동서고금을 망라하고 오래전부터 사용되던 표현 방식이야. 우리나라 고전작품에도 많이 사용되었지. 풍자는 통쾌함을 안겨주고 해학은 웃음을 안겨준다는 점에서 차이가 있긴 하지만 둘이 같이 사용되는 경우도 많아. 가령 『흥부전』에서 욕심 많은 놀부를 비꼬는 장면 같은 경우가 그렇다고 할 수 있어.

풍자가 사용된 예로 『춘향전』에 나오는 시를 예로 들 수 있겠구나. 이몽룡이 과거에 급제해서 암행어사가 된 다음 몰래 변장을 하고 변학도가 잔치를 벌이고 있는 곳으로 가잖아. 거기서 술잔을 받아들고 다음과 같은 시를 읊는 장면이 나와.

金樽美酒千人血 (금준미주천인혈)
玉盤佳肴萬姓膏 (옥반가효만성고)
燭淚落時民淚落 (촉루락시민루락)
歌聲高處怨聲高 (가성고처원성고)

금항아리에 담긴 맛있는 술은 일천 백성의 피요.
옥쟁반에 놓인 맛좋은 안주는 만백성의 기름이라.
촛농이 떨어질 때 백성의 눈물 떨어지니
노랫소리 높은 곳에 원망소리 높구나.

백성들을 괴롭히는 변학도를 향해 시라는 형식을 빌려 호통을 친 거지. 그러자 잔치에 모였던 사람들이 눈치를 채고 너도나도 줄행랑을 치느라고 바빠. 아주 통쾌한 장면이지. 이런 시가 바로 풍자시의 전형이라고 할 수 있어.

이번에는 현대 시인의 시를 살펴보자. 김수영 시인의 작품이야.

> 우선 그놈의 사진을 떼어서 밑씻개로 하자
> 그 지긋지긋한 놈의 사진을 떼어서
> 조용히 개굴창에 넣고
> 썩어진 어제와 결별하자
> 그놈의 동상이 선 곳에는
> 민주주의의 첫 기둥을 세우고
> 쓰러진 성스러운 학생들의 웅장한
> 기념탑을 세우자
> 아아 어서어서 썩어빠진 어제와 결별하자
> ─「우선 그놈의 사진을 떼어서 밑씻개로 하자」 1연

이 시는 4·19혁명이 일어나고 며칠 안 됐을 때 쓴 시야. 4·19는 이승만 대통령의 독재에 저항하고 부정선거에 분노해서

일어난 혁명이잖아. 많은 학생들이 총에 맞아 죽고, 이승만 대통령은 결국 물러나게 돼. 그런 격동의 시간 속에서 쓴 시라는 걸 알고 읽으면 이해하기 쉬워.

솔비　그럼 시에 나오는 '그놈'이 이승만 대통령이야?

아빠　맞아. 그때는 관공서마다 이승만 대통령의 사진을 걸어놨거든. 그걸 떼서 밑씻개로 삼자는 거지.

솔비　아무리 풍자라지만 좀 심한 거 아냐? 대통령을 그놈이라고 하는 것도 그렇고 사진을 하필 밑씻개로 하자는 것도 그렇고.

아빠　그렇게 볼 수도 있는데, 흔히 비판에는 성역이 없어야 한다고 하잖아. 더구나 이승만은 부정선거를 하고 죄 없는 학생들이 총에 맞아 죽어가도록 했으니까 강력한 분노의 대상이 될 수밖에 없었어. 본래 풍자는 대놓고 하는 법이고, 그래서 풍자에 사용되는 언어는 상당히 노골적이야. 풍자라고 할 때 쓰인 '자刺'라는 한자가 날카로운 것으로 찌른다는 뜻을 지니고 있거든. 가차 없이 찔러대는 것, 그래서 상대에게 상처를 입히는 것, 그게 풍자의 본질이라고 할 수 있어.

솔비 그렇게 말하니까 좀 무섭다.

아빠 그래서 풍자는 약자에게 쓰면 안 돼. 아무에게나 창을 겨누면 그건 폭력에 지나지 않잖아. 권력을 가진 강자, 그리고 그 권력을 이용해서 약자를 괴롭히는 집단이나 사람에게만 써야 하는 거지. 풍자의 공격성을 완화시키기 위해서 해학을 곁들이는 경우도 많아. 그럴 때는 공격보다 조롱에 가까워질 거야.

이번에는 해학에 대해서 얘기해보자. 역시 고전작품에서 해학이 사용된 것부터 볼까? 조선시대에 지어진 사설시조야.

> 개를 여남은이나 기르되 요 개같이 얄미우랴.
> 미운 님 오면은 꼬리를 홰홰 치며 치뛰락 내리뛰락 반겨서 내닫고 고운 님 오면은 뒷발을 바동바동 무르락 나오락 캉캉 짖어서 돌아가게 한다.
> 쉰밥이 그릇그릇 난들 너 먹일 줄이 있으랴.

사설시조는 대개 하층민들이 지은 작품이라 작가가 누군지 알려지지 않은 경우가 많고, 이 작품도 마찬가지야. 양반들이 쓴 시조와 달리 형식이나 내용에 구애받지 않고 하고 싶은 얘기를 마음껏 풀어놓는 경향이 강했고, 그러다 보니 풍자와 해학을

많이 사용했어. 시조에 담긴 내용이 무얼 말하고 있는지 이해는
되지?

솔비 이런 개가 있다면 정말 얄밉겠다. 나 같아도 밥을 안 주겠
는걸.

아빠 이런 게 해학이야. 읽고 있으면 그냥 빙그레 웃음이 지어
지잖아. 진지한 내용을 담고 있는 건 아니지만 이런 작품도 필요
해. 사람이 맨날 인생이 어쩌고 하며 고뇌에 빠지거나 나라와 사
회가 돌아가는 모습만 걱정하며 살아갈 수는 없잖아. 그냥 평범
한 생활 속에서 벌어지는 일들을 재미있게 엮어도 충분할 때가
있어.

솔비 고전작품을 살펴봤으니까 이젠 요즘 작품을 볼 차례네.

아빠 눈치도 빠르셔. 해학을 사용한 시인들의 작품이 많지만 이
번에도 아빠 작품을 가지고 이야기해보자. 아빠도 제법 해학적인
데가 있거든.

솔비 오호, 그러시구나. 그럼 얼마나 재미있는지 볼까?

아빠 내가 교사생활을 얼마나 힘들게 했는지 알게 해주는 시야. 읽어줄 테니까 일단 들어봐.

수업일기 3
– 이길 수 없는 싸움

넌 맨날 지각이냐?

지각 안 한 날이 더 많은데요?

그래서 잘했다는 거냐?

선생님이 말은 똑바로 하라고 하셨잖아요.

남아서 벌 청소 하고 가.

청소 말고 다른 거 하면 안 되나요?

오늘은 일찍 가야 해서요.

갈 데가 왜 그리 많아?

학교만 아니면 갈 데야 많죠.

그럼 학교는 왜 오는 거냐?

졸업하려고요.

졸업은 해서 뭐하게?

지금까지 다닌 게 억울하잖아요.

억울하면 청소하고 가.

한 번만 봐 주세요, 어차피 도망갈 건데.

니가 나를 좀 봐 줘라.

헤헤헤—

허허허—

솔비 아까 그 개보다 아빠 시에 나오는 애가 더 얄밉겠다. 나 같으면 벌점이라도 팍 때릴 텐데. 그래서 결국 그냥 보내준 거야?

아빠 보내줬다기보다 그 애가 그냥 가버린 거지. 하하.

솔비 에그, 웃음도 나오겠다. 그러니 맨날 애들이 아빠를 만만히 보지.

아빠 그러지 마. 알고 보면 나도 뒤끝이 있는 사람이라고. 그래서 이렇게 시로 그 애의 얄미운 모습을 기록해놨잖아. 하하.

솔비 하여간 못 말려요. 여기 아빠 시집에 비슷한 시가 하나 더 있네. 이건 내가 읽어볼게.

말은 청산유수

가재는 뒤로만 간다는데
네 성적이 딱 가재걸음이구나.

내가 가재면 엄마도 가재잖아요.
그리고 가재는 깨끗한 물에서만 산대요.

요 녀석
옆으로 빠져나가려고 하는 걸 보니
가재 닮은 게로구나.

가재는 게 편이잖아요.
엄마는 그것도 몰랐어요?

아빠　너무 말장난으로만 가려고 하면 안 되지만 적당한 유머는 우리 삶에 꼭 필요해. 시도 삶 속에서 나오는 거니까 눈물짓게 하는 시가 있는가 하면 해학을 통해 웃음을 주는 시도 있는 거지.

14장

제목은 시의 얼굴이다

아빠　솔비도 지금까지 시를 많이 써봤을 거야. 스스로 쓰고 싶어서 쓴 경우도 있겠지만, 대부분 백일장이나 수업시간에 선생님들이 쓰라고 해서 마지못해 쓴 경우가 많겠지. 그래도 시를 쓰는 동안에는 이리저리 머리도 굴리고 가능하면 잘 써보려고 애를 썼을 거야. 그럴 때마다 시를 쓰는 게 어려운 일이구나 하는 생각도 했을 거고.

솔비　생각은 많이 하지만 그렇다고 해서 좋은 시가 나오지는 않던걸. 그래서 대충 써낼 때가 많았지, 뭐.

아빠　시를 쓸 때 가장 어려운 게 어떤 걸까? 물론 모든 게 다 어렵지. 처음에 어떻게 시작해야 할지부터 마무리는 어떻게 하는 게 효과적인지 따져볼 게 참 많아. 그중에 오늘은 시에 제목을 붙이는 일에 대해 이야기해볼까 해. 제목은 시를 읽을 때 제일 먼저 접하기 때문에 시의 얼굴에 해당한다고 할 수 있어. 사람을 만날 때 첫인상이 중요하다는 말이 있듯이, 제목을 어떻게 붙이느냐에 따라 독자들의 관심을 끄는 정도가 달라지거든.

오래전이긴 하지만 우리나라에서 크게 흥행한 외국영화가 있었어. 원래 제목은 유령을 뜻하는 'GHOST'였대. 그 영화를 수입해서 개봉할 때 '사랑과 영혼'으로 바꾼 거야. 갑자기 사고로 죽은 사람이 사랑하는 사람 곁을 떠나지 못하고 맴도는 걸 그린 영화거든. 수많은 관객을 울린 감동적인 영화인데, 만일 영어 제목을 그대로 번역해서 '귀신'이나 '유령'으로 했다면 요즘 표현대로 폭망했을지도 몰라.

솔비 누군지 몰라도 제목 바꾼 사람은 정말 센스쟁이다.

아빠 옛날 사람들은 시를 지을 때 제목을 크게 중요하다고 생각하지 않았어. 그냥 시의 소재나 주제를 나타내는 말을 간단히 붙이곤 했지. 특히 시조 같은 경우는 아예 제목을 붙이지 않았어. 윤선도의 「오우가」처럼 여러 편의 시조로 이루어진 연시조의 경우는 예외지만, 한 편으로 이루어진 단시조는 대부분 제목이 없어.

고려 말에 이방원과 정몽주가 주고받은 유명한 시조가 있
잖아. "이런들 어떠하리 저런들 어떠하리"로 시작하는 이방원의
「하여가」와 이에 대한 답으로 정몽주가 지은 "이 몸이 죽고 죽어
일백 번 고쳐 죽어"로 시작하는 「단심가」가 있는데, 이들 시조가
처음부터 제목이 있었던 건 아니야. 이 시조들이 유명해지면서
기억을 편하게 하기 위해 훗날 다른 사람들이 붙인 거지.

이렇듯 옛날에는 제목의 중요성에 대해 크게 생각하지 않
았는데, 근대 이후 서양에서 자유시 형식이 도입되면서 제목을
붙이기 시작했고, 날이 갈수록 제목의 중요성이 커지게 됐어. 그
럼에도 여전히 제목 붙이는 걸 별로 달가워하지 않는 시인들도
있긴 했었지. 솔비도 아마 교과서에서 배웠을 텐데, 「돌담에 속삭
이는 햇발」이라는 작품.

솔비   아, 그거 알아. 누구 시더라? …… 아, 맞다. 김영랑! 그렇
지?

아빠   맞아. 김영랑은 1930년대에 우리말의 아름다움을 맛깔스
럽게 구사한 시인이야. 그런데 특이한 건 1935년에 첫 시집인 『영
랑시집』을 낼 때 시집에 실린 모든 작품에 제목을 안 붙이고 일련

번호만 매겼어. 그래서 나중에 사람들이 그 시집에 실린 작품들을 이야기할 때 맨 앞 구절을 따서 부르기 시작한 거야. 번호만 가지고는 무슨 작품을 얘기하는지 알 수가 없으니까.

시들을 살펴보면 단순하게 붙인 제목도 많긴 하지만 일제 강점기의 항일 저항시인 이상화의 「빼앗긴 들에도 봄은 오는가」와 4·19 혁명을 노래한 신동엽 시인의 「껍데기는 가라」처럼 처음부터 강렬한 인상을 주는 제목이 있는가 하면, 박인환 시인의 「목마와 숙녀」처럼 호기심을 자아내게 하는 제목도 있어.

지난번에 소개한 내 시 중에 「슬픈 ㄹ」이라는 작품이 있었잖아. ㄹ이 슬프다고? 아니 한글 자음이 어떻게 슬플 수가 있지? 하면서 독자에게 궁금증을 불러일으키도록 한 거지. 내용도 좋아야 하지만 제목이 먼저 독자들의 눈길을 잡아 끌 수 있다면 더 좋을 거야. 물론 호기심만 자극하기 위해 시의 내용과 상관없는 엉뚱한 제목을 붙이는 건 바람직하지 않지만.

제목이 왜 중요한지 생각해보려고 이번에는 학생이 쓴 시를 가져와봤어. 국어시간에 내가 가르친 학생이 쓴 시야.

비

한 방울 두 방울
비가 내리기 시작한다.

비가 내릴수록
웅덩이가 깊어진다.

웅덩이와 함께
나의 고민도 깊어진다.

비가 내릴수록
빗소리도 굵어진다.

빗소리와 함께
나의 슬픔도 굵어진다.

시를 읽고 어떻게 느꼈는지 솔비 감상을 좀 들어볼까?

솔비 딱 내 수준에 맞는 작품이네. 비 오는 날 이런 시를 읽으면
좋겠다. 나도 비가 오면 괜히 슬퍼질 때가 있거든.

아빠 군더더기 없이 깔끔하게 참 잘 쓴 시야. 빗물로 인해 웅덩
이가 깊어질수록 내 고민도 깊어지고, 빗소리가 굵어질수록 내
슬픔도 굵어진다고 함으로써 대비에 의한 시적 효과를 잘 살려냈
거든. 다만 한 가지 아쉬운 건 내 고민과 슬픔이 무엇인지 알 수
없다는 거구나. 그냥 고민이 많아서 슬프다고만 하면 남들이 공

감하기 힘들잖아. 고민과 슬픔의 내용을 모르니까. 이 친구는 이 시의 제목을 '비'라고 붙였는데, 달리 바꿔서 '성적표 나온 날'이라거나 '친구와 헤어진 날'과 같은 식으로 구체적인 상황을 제시했으면 어땠을까? 그러면 독자들이 시를 쓴 사람의 마음에 훨씬 공감을 하지 않았을까? 자신의 경험에 빗대어 감상할 수도 있을 테고. 이렇듯 제목이 주는 효과는 생각보다 상당히 크고, 때로는 제목이 시의 운명을 좌우하기도 한단다.

솔비　제목을 잘 붙이는 방법이나 요령 같은 건 없어?

아빠　제목을 정하는 방법은 여러 가지가 있어. 김소월 시인의 「진달래꽃」처럼 소재에서 따오는 경우도 있고, 정현종 시인의 「모든 순간이 꽃봉오리인 것을」처럼 내용이나 주제를 잘 드러낼 수 있는 말을 끌어오기도 하지. 때로는 도발적인 낱말이나 문구로 제목을 삼기도 해. 박남철 시인의 작품에 「독자 놈들 길들이기」라는 게 있어. 독자를 향해 '놈'이라는 비속어를 써서 조롱하고 있으니, 제목을 보는 순간 얼굴을 찌푸릴 사람도 있겠지만 그보다는 어떤 시인지 호기심이 먼저 생기지 않을까? 앞에서 제목만 있는 황지우 시인의 시를 소개한 게 있는데, 같은 시집 안에는 독특한 제목을 가진 시가 많아.

그중 하나만 소개하면 이래. 「남동생 찾습니다 한원택 43세 1·4후퇴시 함북 청진에서 월남 대구에서 헤어짐 머리에 흉토 있음 누나 한순옥」 제목이 무척 길지? 지금까지 내가 본 시들 중에서 가장 긴 제목을 지닌 작품이야. 1983년에 KBS방송국에서, 6·25 때 헤어진 이산가족 찾기 방송을 한 적이 있는데, 그때 수많은 사람이 사연을 적은 팻말을 들고 방송국 앞으로 모였어. 황지우 시인은 그때 본 팻말 중에서 인상에 남은 내용 하나를 그대로 제목으로 삼은 거야. 사실적인 상황을 살리기 위해 틀린 맞춤법도 고치지 않고 그대로 두었고. 시도 그렇지만 시의 제목도 이래야 한다는 정해진 규칙 같은 건 없어. 시의 내용과 분위기에 맞는 제목을 찾으려는 노력만 있으면 된다고 할 수 있겠구나.

솔비　제목 밑에 다른 제목이 붙는 경우도 있잖아. 어제 소개한 아빠 시에서 '수업일기 3'이라는 제목 밑에 '이길 수 없는 싸움'을 붙여놓은 것처럼.

아빠　간혹 그렇게 제목 아래 다시 제목을 붙이는 경우가 있는데, 그걸 부제라고 해. 부제를 사용한 윤동주의 시 한 편을 보자.

고향집

– 만주에서 부른

헌 짚신짝 끄을고
나 여기 왜 왔노
두만강을 건너서
쓸쓸한 이 땅에

남쪽 하늘 저 밑에
따뜻한 내 고향
내 어머니 계신 곳
그리운 고향집

'만주에서 부른'이 부제에 해당해. '고향집'이라는 제목이 있지만 그것만 가지고는 시 전체의 분위기를 효과적으로 전달하기 어렵다고 생각해서 그랬을 거야. 그냥 타향에 와서 그리워하는 고향집과 우리나라 땅이 아닌 아득히 멀리 떨어진 만주라는 곳에서 그리워하는 고향집은 아무래도 느낌이 다르지 않겠어?

부제를 넣어서 시가 전달하고자 하는 내용이 더욱 풍부한 울림을 가지고 독자에게 다가갈 수 있도록 한 거지. 제목과 부제를 합쳐서 표현할 수도 있긴 할 거야. 가령 '만주에서 부른 고향집'

처럼. 그런데 왜 윤동주 시인은 둘을 나눴을까? 짐작이긴 하지만, 그렇게 했을 경우 제목이 길어지면서 긴장감이나 압축미를 살리기 힘들다고 여기지 않았을까 싶구나.

내가 어린이들을 생각하면서 쓴 동시 한 편을 보면서 이야기를 이어가보자.

할머니를 만나면

멸치는 메르치가 되고
토끼는 토깽이가 되고
돼지는 도야지가 되고
고양이는 괭이가 되고
닭은 달구새끼가 되고
나는 똥강아지가 된다.

솔비 아휴, 똥강아지! 어릴 때는 정말 듣기 싫었는데…….

아빠 하하, 할머니가 너를 너무 귀여워해서 그런 거지. 아무튼 이 시에서 '할머니를 만나면'은 제목이면서 시를 열어주는 첫 행과 같은 역할을 하고 있어. 제목과 본문 내용이 다른 장치 없이 바로 연결되도록 꾸민 거지. 그럴 경우 한 행을 절약할 수 있는 경제

적 효과를 얻을 수 있잖아. 시는 되도록 말을 적게 사용하는 게 좋고, 그런 고민을 제목까지 포함해서 하면 더 좋을 거야.

　이렇게 제목을 정하는 방법은 다양하고, 제목 덕분에 작품이 사는 경우도 많아. 좋은 제목을 붙이기 위한 노력이 필요하지만 그렇다고 제목을 너무 특이하게 붙이려고 애쓸 필요는 없어. 자칫 제목에만 매달려서 내용이 소홀해지거나 내용과 동떨어진 제목을 붙여서 암호처럼 만들어버리면 그것도 곤란하잖아. 아무튼 제목이 중요하다는 사실만 잊지 않으면 돼.

15장

퇴고

고쳐 쓰기

아빠 솔비야, 퇴고란 말 들어봤지?

솔비 작품을 고치는 걸 말하는 거잖아.

아빠 그래. 오늘은 퇴고가 얼마나 중요한지 알려주려고 해. 그러려면 먼저 퇴고推敲라는 말의 유래부터 알아두는 게 좋아.

　　중국 당나라 때 가도賈島라는 시인이 있었어. 이 사람이 나귀를 타고 길을 가던 중에 시를 한 편 지었대. 그런데 "중은 달빛 아래 문을 두드린다"라는 구절이 마음에 걸리더래. '밀다'라는 뜻을 가진 '퇴推' 자를 쓸까 '두드린다'는 뜻의 '고敲' 자를 쓸까 고민이 됐다는구나. 그래서 한참 생각에 잠긴 채 길을 가다가 마침 유명한 시인이자 높은 벼슬자리에 있던 한유韓愈라는 사람의 행차 대열 속으로 들어가고 만 거야. 큰 잘못을 저지른 거지. 수행원들이 끌고 온 가도에게 한유가 왜 그랬냐고 묻자 가도는 사실대로 이야기했지. 가도의 말을 들은 한유는 한참 생각을 하더니 '두드릴 고敲'가 좋겠다고 조언을 했대. 그래서 퇴推와 고敲를 합친 퇴고推敲라는 말이 생겨나게 된 거야.

솔비 그러고 보니 글을 쓰는 과정보다 고치는 과정이 더 힘들다는 얘길 들은 적이 있는 것 같아.

아빠 중국 시인들 얘기 말고 우리나라 고사에도 비슷한 얘기가 전해지고 있어. 고려 때 정지상이라는 사람과 김부식이라는 사람이 있었어. 김부식은 역사책 『삼국사기』를 지은 사람으로 유명하지. 둘 다 글을 잘 짓기로 소문났지만 시에 있어서는 정지상이 윗길이었다고 해. 그런데 두 사람은 정치적으로 다른 입장을 지니고 있었고, 결국 정지상은 김부식에 의해 죽임을 당하게 돼. 그래서 훗날 사람들이 지은 책에, 정지상이 김부식을 혼내주는 이야기가 나와.

어느 날 김부식이 아래와 같은 시를 짓고는 스스로 마음에 들어서 흐뭇한 표정을 짓고 있었대.

柳色千絲綠 (유색천사록)　　버들은 천 가닥 실처럼 푸르고

桃花萬點紅 (도화만점홍)　　복사꽃은 일만 송이가 붉구나.

이때 귀신이 된 정지상이 나타나서 김부식의 **뺨**을 철썩 갈
기더라는 거야. 바보처럼 시를 이따위로 짓느냐고 호통을 치면서
말이지. 구체적으로는 이렇게 말했다고 하지. "네가 정말로 버드
나무 가지가 천 개인지, 복사꽃 송이가 일만 개인지 세어봤어? 그
런 걸 일일이 세는 미친놈이 어디 있어?" 그런 다음 시를 직접 고
쳐주었대.

柳色絲絲綠 (유색사사록)　　버들은 가지가지마다 푸르고

桃花點點紅 (도화점점홍)　　복사꽃은 점점이 붉구나.

글자 하나씩만 바꿨는데, 내용은 그대로면서 훨씬 시적인
맛을 풍기게 됐잖아.

솔비　　그러니까 죽은 정지상이 살아 있는 김부식에게 복수를 한
거네. 복수 치고는 낭만적이다. 시를 가지고 한 수 가르쳐주는 식
으로 하다니!

아빠　우리에게 명작이라고 알려져 있는 작품들은 대부분의 시인이나 소설가들이 수없이 고치고 고쳐서 내놓은 거야. 처음부터 완벽한 작품을 쓰는 작가들은 없어. 중국에서 가장 유명한 시인을 꼽으라면 보통 이백과 두보를 들곤 해. 이태백이라고도 하는 이백은 시선詩仙이라 부르고, 두백은 시성詩聖이라고 부르지. 이백은 술을 매우 좋아했는데, 술을 마시면 그 자리에서 멋진 시를 지어서 읊었다고 알려져 있어. 그래서 시선詩仙이라는 말을 듣기도 했고. 그런데 알고 보니까 그게 아니더래. 어떤 사람이 이백이 깔고 앉아 있던 방석을 들췄더니 거기서 몇 번씩이나 시를 고쳐 쓴 종이들이 나오더라는 거야. 그러니까 술을 마시기 전에 미리 시를 여러 번 쓰고 고치며 외운 다음에 술자리에서 즉흥적으로 지은 것처럼 했다는 거지. 천재시인이라고 알려진 사람들도 그렇게 수많은 퇴고 과정을 거쳐서 좋은 작품을 만들어내는 거야.

　　시인은 아니지만 소설가 중에 김훈이라는 사람이 글을 고치는 데 얼마나 고민을 했는지 알려주는 일화가 있어. 이순신 장군의 삶을 다룬 『칼의 노래』라는 장편소설의 첫 문장은 "버려진 섬마다 꽃이 피었다"라고 시작해. 그런데 이 문장을 두고 밤을 새워 고심을 했대. '꽃은 피었다'라고 하는 게 좋은지 '꽃이 피었다'로 하는 게 좋은지 판단하기가 힘들어서. 겨우 조사 한 글자 가지고 그러냐고 할 수도 있지만 그 정도로 언어에 민감한 게 작가들이야.

솔비　어휴, 글을 쓰는 사람들은 참 피곤하겠다.

아빠　모든 사람에게 다 그렇게 하라고 강요할 수는 없지. 하지만 글은 고치면 고칠수록 나아지는 게 분명해. 나와 함께 시 공부를 하던 중학교 3학년 여학생이 있었어. 그 친구가 처음으로 시를 써서 보여준 게 아래 작품이야.

별님의 사랑

나는 작년 봄 처음 당신을 보게 되었습니다.
당신의 첫 인상은 핑크빛 향기를 날리는
고요한 어둠을 물들이는 작은 소녀였습니다.

4월의 향기와 쪽빛 빛깔은 당신을 더욱 빛나게 해 주었고
작은 숲속 친구들은 당신의 아름다움을 축복해 주었습니다.

나는 별님, 당신은 벚꽃
나는 달님, 당신은 해님
당신은 항상 고요히 고요히 잠들어 있었습니다.

어느 여름날 나는 말 한마디도 당신에게 전하지 못한 채
그리움을 남기고 당신을 떠나보냈습니다.

나의 보물 나의 하늘 나의 그림자

당신이 오리라 믿어요.

기다릴게요, 언제까지나…….

"핑크빛 향기"니 "쪽빛 빛깔"이니 하는 예쁜 말들이 눈에 들어오긴 하지만, 나는 이 시가 무엇을 말하고 있는지 처음에는 전혀 감을 잡을 수가 없었어. 몇 번을 읽고 나서야 어렴풋이 감을 잡을 수 있었지. 내 해석이 맞다면, 별님이 사랑하는 작은 소녀는 실제 사람인 소녀가 아니라 벚꽃을 비유한 거였을 거야. 벚꽃은 아주 여리고 조그만 꽃이라서 작은 소녀로 비유하기에 적당했을 수 있어. 이런 발상 자체는 좋은데 시를 풀어나가는 과정에서 독자에게 혼란을 일으키게끔 하는 구절이 너무 많아.

3연 첫 행에서 "나는 별님, 당신은 벚꽃"이라고 해놓고 바로 다음 행에서 "나는 달님, 당신은 해님"이라고 해놓았으니, 대체 내가 별인지 달인지 알 수가 없잖아. 그리고 "작년 봄"에 처음 만났다가 "어느 여름 날" 내 곁을 떠나갔다고 한 것도 어색해. 벚꽃은 봄날 잠깐 피었다가 며칠 만에 바로 져버리잖아. 여름에 떠나가는 게 아니지.

이런 문제들에 대한 이야기를 나누면서 여러 차례 시를 고쳐 썼어. 그래서 마지막에 아래와 같은 형태로 완성된 시를 만들었어.

별님의 사랑

작년 봄 처음 당신을 보았어요.
당신은 고운 향기로
고요한 어둠을 물들이는 작은 소녀였어요.

4월의 싱그러움은 어둠마저 사로잡은 듯했고
나는 살포시 당신에게 내려가 앉았어요.
당신은 내가 다가간 줄도 모르고
고요히 잠들어 있었지요.

비바람 몰아치던 어느 날
나는 당신에게 갈 수가 없었어요.
다음 날 밤, 조마조마한 마음으로 당신을 찾았을 땐
이미 내 곁을 떠나버린 뒤였지요.

나는 별님, 당신은 벚꽃
내년 봄 다시 만날 때까지
당신이 전해준 향기를 기억하며
밤하늘에 홀로 글썽이고 있는 나를 잊지 말아요.

솔비　야, 정말 시가 확 달라졌네.

아빠 이렇게 고쳐놓으니까 시에서 말하고자 한 내용의 그림이 그려지지? 좋은 시는 이렇게 읽고 났을 때 마음속에 구체적인 장면이나 그림이 그려져야 해. 이 학생의 시가 처음에 실패한 건 발상의 뛰어남에도 불구하고, 그걸 구체적인 장면으로 풀어가지 못했기 때문이야. 별님과 벚꽃이 헤어지게 된 계기를 만들어서 집어넣으니까 이해하기가 쉽고, 조금 더 나아진 것 같지? 이 시는 본인이 벚꽃이 피어 있는 봄날 밤하늘에 별이 떠 있는 장면을 직접 보고 감동을 받아서 쓴 게 아니라, 예쁜 장면이 뭐가 있을까 하고 머릿속으로만 생각해서 썼기 때문일 거야. 그러다 보니 표현만 그럴 듯하고 내용은 허술한 작품이 된 거지.

솔비 그래서 그 학생이 다음부터는 시를 잘 쓰게 됐어?

아빠 한 편 써보고 확 달라질 수는 없지. 그러면 누구나 훌륭한 시인이 되게? 그래도 그 학생은 발전이 빠른 편이었어. 내가 다음에는 억지로 꾸며서 쓴 시 말고 직접 경험한 내용을 가지고 만들어보라고 했지. 그랬더니 이런 시를 써서 가져오더라.

감나무

어렸을 적 나는 우리집 앞 감나무를 참 좋아했다.
그 감나무는 항상 초록빛을 뿜어내며
나의 친구이자 마당의 문지기가 되어 주었다.

눈을 감고 감나무가 바람에 날려 사그락사그락
소리를 듣다 강아지똥을 밟아 엄마한테 혼난 적도 있지만
나는 항상 그 자리를 묵묵히 한결같이 지키는
그런 감나무가 참 좋았다.

봄이면 여린 감잎은 내 장난감이 되어 주었고
여름엔 시원한 그늘이 되어 주었고
가을에는 그 무엇보다 달콤한 간식을 나에게 선사해 주었다.

친구와 감나무 앞에서 소꿉놀이를 하고
아빠와 사다리를 타고 감을 따던
그 예쁘던 감나무는 나에게 동화 같은 추억을 기억하게 해주었다.
지금도 길에서 감나무를 볼 때면, 나의 친구였던 감나무가 생각난다.

세월이 지나 내가 자라나는 것처럼

점점 세월의 고결함을 가져가고

감나무는 나의 친구이자 추억이고, 나의 어린 시절이 담긴 앨범이다.

과거를 그리워하는 것은 어리석지만, 과거를 추억하게 해주는 것은 아름답다.

이 학생의 두 번째 작품을 보고 내가 "처음 작품보다 10배는 낫다"고 말해주었던 게 기억나는구나. 솔비가 보기에는 어떠니?

솔비 내가 봐도 처음 시보다 훨씬 좋은데. 분위기도 다르고 말하고 싶은 내용이 잘 정리돼 있는 것 같아.

아빠 이 시가 훌륭한 건, 감나무에 얽힌 자신의 추억을 소박하게 표현함으로써 독자들이 편안하게 읽으면서 마치 이 학생의 어린 시절을 구경하고 있는 것처럼 느껴지도록 한 거야. 그러면서 어린 시절의 추억이 사람들에게 얼마나 소중한지도 생각할 수 있도록 만들었고.

전체적으로 잘 쓰긴 했지만 이 시에도 서툴게 표현된 부분들이 꽤 보여. 만일 솔비가 이 시를 고친다면 어디를 고치고 싶을까?

솔비 내가? 내가 왜 남의 작품을 고쳐?

아빠 완전히 고치라는 건 아니고, 솔비가 시를 보는 눈이 어느 정도인지 알고 싶어서 그래. 지금까지 나랑 시 공부를 했는데, 얼마나 도움이 됐는지 궁금하기도 하고.

솔비 알았어. 그럼 시를 다시 한 번 천천히 읽어보고……. 음~ 다른 건 잘 모르겠지만 마지막에 있는 "과거를 그리워하는 것은 어리석지만, 과거를 추억하게 해주는 것은 아름답다"는 부분은 빼는 게 좋을 것 같아. 시 구절보다는 수필에 나오는 구절처럼 느껴져. 너무 설명하려는 느낌도 강하고.

아빠 오, 제법인데. 나도 그 부분을 지적하고 싶었어. 마지막 행에서 뭔가 철학적(?)인 의미를 부여하려고 했는데, 그게 오히려 시의 자연스러움을 떨어뜨리고 말았어. 시에서 지나치게 의미를 부여하려다 보면 그게 독이 되는 수가 있어. 풍경에 대한 판단과 느낌은 독자들의 몫으로 맡겨두는 게 좋아.

나머지 아쉬운 점들에 대해서도 살펴보자. 시 안에서 너무 자세한 설명을 해놓으면 오히려 시의 맛을 떨어뜨리게 돼. "나에게 아름다운 추억을 기억하게 해주었다"처럼 직접 얘기하지 않더라도, 독자들은 시에 그려진 풍경만 보고도 그런 마음을 충분히 짐작할 수 있어. 추억이라는 말도 너무 자주 나오지? 시는 언어의 경제성, 즉 압축미를 추구하는 문학 작품이야. 일부러 강조할 때는 같은 말을 반복하기도 하지만, 대체로 중복된 표현은 삼가는 게 좋아.

이 시는 뒤로 갈수록 구절이 길어지면서 수필처럼 느껴지는 면이 있어. 사소한 거지만, 2연에서 "바람에 날려 사그락사그락"거리는 건, 감나무가 아니라 감나무 잎사귀라고 해야겠지. 시는 이렇듯 낱말 하나까지도 세심하게 살펴서 써야 해.

이 시도 다시 고쳐 쓰는 과정을 거쳐서 다음과 같이 만들었어.

감나무

어렸을 적 나는 우리집 앞 감나무를 참 좋아했다.
그 감나무는 항상 초록빛을 뿜어내며
나의 친구이자 마당의 문지기가 되어 주었다.

눈을 감고 감잎이 바람에 사그락대는 소리를 듣다
강아지똥을 밟아 엄마한테 혼난 적도 있지만
나는 항상 그 자리를 묵묵히 지키는
감나무가 참 좋았다.

봄이면 여린 감잎은 내 장난감이 되어 주었고

여름엔 시원한 그늘이 되어 주었고

가을에는 그 무엇보다 달콤한 간식을 선사해 주었다.

친구와 감나무 앞에서 소꿉놀이를 하고

아빠와 사다리를 타고 감을 따던

그 예쁘던 감나무

세월이 지나 내가 자라나는 것처럼

점점 세월의 고결함을 지니게 된

감나무는 나의 어린 시절이 담긴 앨범이다.

이렇게 고쳐 놓으니까 훨씬 간결해졌으면서도 하고 싶은 이야기는 전부 담고 있잖아. 시가 어렵긴 하지만, 또한 누구나 쓸 수 있는 게 시야. 지나치게 아름답게 꾸미려고 하기보다는 자신의 경험을 있는 그대로 펼쳐 보이되, 앞서 말한 것들을 생각하면서 시의 특성에 맞게 다듬고 고치다 보면 좋은 시를 쓸 수 있어.

솔비　그래도 일단 쓰는 것부터 시작해야겠지?

아빠　물론이지. 되든 안 되든 일단 써야 고칠 수 있는 거니까. 그리고 더 중요한 건 자기가 쓴 시를 남에게 보여주는 거야. 자기가 쓴 글을 자기가 봐서는 어디에 문제가 있는지 알기 힘들어. 자신에게는 너무나 명백한 내용이지만 다른 사람은 이 사람이 무얼 보고 왜 이런 시를 썼는지 알기 힘들거든. 그래서 시를 쓴 다음에는 다른 사람이 이 시를 어떻게 볼까를 생각해봐야 해. 그렇다고 해서 너무 친절하게 써도 안 되지만, 최소한 공감대는 끌어낼 수 있어야 하지.

　　나도 시인이라는 이름을 얻기 전까지 여러 사람들하고 합평회라는 걸 했어. 각자 자신이 써 온 시를 내놓고 평가를 받는 거지. 거기서 나는 참 많은 걸 배웠어. 내 시에 대해 다른 사람이 지적해준 내용들을 곱씹으면서 고쳐 쓰기를 참 많이 했지. 내가 시인이 된 건 그렇게 조언을 해준 사람들 덕분이라고 생각해.

　　써라! 그리고 고쳐라! 이게 좋은 시를 쓸 수 있는 비법의 처음이자 마지막이라고도 할 수 있지.

16장

시와 친해지기, 시인 되기

솔비　아빠, 시하고 친해지려면 어떻게 해야 돼?

아빠　처음 만나거나 어쩌다 한 번 만나는 사람하고는 친해지기 힘들겠지?

솔비　그야 당연하지. 어색하잖아.

아빠　시도 마찬가지야. 사람도 자주 봐야 정이 들고 친해지는 것처럼 시하고 친해지려면 시를 자주 읽는 습관부터 기르는 게 좋아.

솔비　쉬운 일이 아니겠는데……. 그러려면 의식적으로 노력을 해야 하잖아.

아빠　세상에 노력하지 않고 되는 일이 어디 있니? 그래서 내가 첫날부터, 시가 어떤 힘을 지니고 있고, 왜 시를 읽어야 하며, 시가 왜 우리 삶에 꼭 필요한지 강조해서 이야기했잖아. 필요를 느껴야 가까이할 수 있으니까.

솔비　그래도 시를 읽다 보면 이해가 안 되는 작품들이 많아서 싫증이 날 수도 있잖아.

아빠　세상에는 워낙 다양한 시가 있으니까, 쉽고 편안한 시도 있지만 반대로 이해하기 어려운 시들도 있는 게 당연하지. 어려운 시들은 시를 많이 접해보고 시 읽기에 충분히 훈련된 후 읽으면 돼. 내가 처음에 이상 시인의 「오감도 제4호」라는 이상하게 생긴 시를 소개했잖아. 거기서 수수께끼를 풀듯이 하나하나 따져가며 고민할 필요는 없어. 환자라는 말과 책임의사라는 말이 나오고 숫자를 막 뒤집어놨잖아. 현대인들의 불안한 심리를 나타내려고 한 모양이구나, 하는 정도로 이해하고 넘어가면 돼. 그것도 힘들면 그냥 모르겠다 하고 건너뛰면 그만이고. 우선 자기에게 맞는 시부터 골라 읽으면 되는 거야.

요즘은 청소년들의 이야기를 담은 청소년시집도 많이 나와 있으니까 그런 시집부터 읽는 것도 좋겠지. 그렇게 읽는 동안 조금씩 시의 맛을 알아가게 되는 거고, 차츰 다른 시를 찾아서 읽어보고 싶다는 마음이 들 수도 있을 거야.

솔비　아빠는 청소년 시절에 어떤 방식으로 시를 읽었어?

아빠　자기가 좋아하는 시인을 정해놓고, 그 시인의 시를 집중적으로 읽는 것도 하나의 방법이야. 나는 고등학교 때 윤동주 시인을 좋아해서 그분 시집을 자주 읽었어. 그리고 마음에 드는 시를 외우고 다녔지. 「별 헤는 밤」 같은 시는 무척 긴데도 그걸 다 외웠어. 오히려 지금은 기억력이 떨어져서 다 까먹었지만. 하하.

그리고 공책 하나를 준비해서 마음에 드는 시를 만나면 거기다 한 편씩 옮겨 적었지. '나만의 시 공책'이라고나 할까? 거기다 여러 사람의 다양한 시를 옮겨 적는 동안 시를 사랑하는 마음이 커지고 시를 보는 눈이 조금씩 높아졌던 것 같아. 시 한 편을 다 적기 싫으면 시에서 마음에 드는 구절만 옮겨 적어도 되고.

솔비　아빠는 시인이 되려고 작정을 했으니까 그랬겠지,

아빠   아니라고 할 수는 없지만, 내가 만일 시인이 안 됐더라도 그때의 경험은 소중하게 남아서 내 삶을 풍부하게 해주었을 거야. 그런데 혹시 솔비는 아빠처럼 시인이 되고 싶다는 생각은 안 해봤니?

솔비   지금까지 아빠가 해준 말들은 참 고마운데, 난 그냥 시를 사랑하는 사람으로 남고 싶어. 쓰는 사람도 있어야 하지만 읽는 사람도 있어야 하잖아.

아빠   그건 그렇지. 하지만 네 친구 중에도 시인이 되고 싶다는 꿈을 가진 애가 있긴 할 거야. 그래서 이번에는 마지막으로 시인이 되는 법을 알려주려고 해.

솔비   흠~! 잘 들었다가 혹시라도 시인이 되고 싶다는 친구가 있으면 전해줄게.

아빠   장차 시인이 되기를 꿈꾸는 학생이 있다면 어떤 방법이 있을까? 시인이라는 이름은 누가 붙여주고, 어떤 절차를 밟아야 하는 걸까?

그냥 시를 쓰는 게 좋아서 혼자 쓰는 거라면 이런 질문은

별 필요가 없을 거야. 그렇지 않고 남들에게 시인이라는 칭호를 받으면서 문학잡지에 시를 발표하거나 시집을 내려면 일정한 절차를 거칠 필요가 있어. 물론 절차를 거치기 전에 좋은 시를 쓸 수 있도록 열심히 노력하면서 실력을 길러야 하겠지. 어떤 시가 좋은 시인지 알아보는 눈도 기르고, 자신이 쓴 시가 남들 보기에도 감동이 느껴질 만큼 훌륭한 시를 쓸 수 있도록 시적인 언어를 갈고닦는 과정이 필요한 거니까. 이러한 과정을 흔히 습작習作이라고 하지.

자, 그렇다면 충분한 습작 과정을 거쳤다고 할 때 정식으로 시인이 되고자 한다면 어떤 관문을 통과해야 할까? 따로 자격증 같은 게 있는 건 아니지만 정식 시인으로 인정을 받기 위한 절차들이 있는데, 지금부터 하나씩 알아보도록 하자.

우선 신춘문예라는 제도가 있어. 신춘문예는 신문사에서 매년 연말에 문학작품을 공모해서, 새해 첫날에 당선작품과 작가를 지면에 발표하는 행사야. 당선이 되면 시인이라는 칭호와 함께 상금도 주면서 앞날을 축하해주지. 신춘문예는 《동아일보》에서 1925년에 처음 시작했고, 이어서 1928년에는 《조선일보》에서도 개최를 했어. 이후 여러 신문사에서 신춘문예 행사를 통해 수많은 시인과 소설가를 세상에 내보냈지. 가장 확실하면서도 영향력 있는 행사라서 시인이나 소설가를 지망하는 청년들이 연말만 되면 신춘문예에 보낼 작품을 다듬느라고 열병을 앓곤 한다는구나.

다음으로는 권위 있는 문학잡지의 신인상을 받거나 추천을 받아서 나오는 방식이 있어. 우리나라에는 많은 문학잡지들이 있단다. 그런 문학잡지에 자신이 쓴 시들을 투고해서 채택이 되면 작품을 실어주고 문단의 권위 있는 시인들이 추천사를 써주기도 하지. 그러면 정식 시인으로 활동할 수 있게 돼. 일제강점기에는 《문장》 같은 잡지가 유명했고, 그 후에도 《자유문학》, 《사상계》, 《현대문학》 같은 잡지를 비롯해서 요즘은 《창작과 비평》, 《문학동네》, 《문학과 사회》, 《실천문학》 같은 잡지들이 신인들을 추천해서 내보내고 있어.

다른 방법으로는 자신이 쓴 시들을 모아 직접 시집을 묶어내는 경우도 있어. 까다롭고 번거로운 절차를 거치지 않아도 되지만, 출판사가 요구하는 수준에 맞아야 하고, 그렇지 못할 경우 출판을 하게 되더라도 독자와 동료 시인들로부터 외면을 받기 쉽지.

이 밖에도 문학 관련 단체에서 행하는 공모전에 응모해서 당선되거나, 몇몇 뜻이 맞는 동료들과 동인지를 만들어서 작품을 발표하는 방법도 있어. 어떤 방식을 거치든 정식 시인이 되는 길은 쉽지 않아. 그래서 시인을 꿈꾸면서 오랜 시간 습작에 매달리다 중도에 포기하는 사람들도 많이 생기곤 하지.

시인을 꿈꾸는 학생들은 시를 쓰는 법을 전문적으로 배우기 위해 문예창작과가 있는 대학교에 진학하기도 해. 요즘은 몇몇 예고에서도 문예창작과를 설치해서 운영하고 있더구나. 아무래도 전문적인 가르침을 배우면 시를 쓰는 데 많은 도움이 되기는 하겠지. 함께 시를 쓰는 친구들과 생활하면서 자극을 받을 수도 있을 거고. 하지만 꼭 문예창작과를 나와야만 시를 잘 쓸 수 있는 건 아니야. 시는 언어만 잘 다룬다고 되는 게 아니라 삶에 대한 깊이 있는 시선을 거느릴 줄 알아야 하거든. 언어에 대한 공부뿐만 아니라 삶에 대한 공부도 중요하다는 얘기야.

　　다른 나라에서는 우리나라와 같은 신춘문예나 문학잡지 추천 같은 제도가 별로 없다고 하더라. 대개 출판사를 통해서 시집을 내고 활동하는 경우가 많다고 들었어. 어느 쪽이 더 좋으냐를 따지는 건 별 의미가 없고, 나라마다 문화적인 차이가 있다고 보면 될 거야.

　　시인이 되고 싶다고? 그러면 지금부터라도 열심히 시집을 읽고 부지런히 시를 쓰면 돼. 하지만 굳이 시인이라는 이름을 달지 않더라도 누구나 시를 쓰면 시인이라고 할 수 있어. 시인의 마음을 갖고 사는 게 더 중요할 수도 있다는 얘기지. 이름을 얻으려하기보다 묵묵히 자신의 길을 가는 사람이 더 아름다운 법이니까.

　　마지막으로 김종삼 시인의 시 한 편을 더 소개할게.

누군가 나에게 물었다

누군가 나에게 물었다. 시가 뭐냐고
나는 시인이 못 됨으로 잘 모른다고 대답하였다.
무교동과 종로와 명동과 남산과
서울역 앞을 걸었다.
저녁녘 남대문 시장 안에서
빈대떡을 먹을 때 생각나고 있었다.
그런 사람들이
엄청난 고생 되어도
순하고 명랑하고 맘 좋고 인정이
있으므로 슬기롭게 사는 사람들이
그런 사람들이
이 세상에서 알파이고
고귀한 인류이고
영원한 광명이고
다름 아닌 시인이라고.

인용 시 작품 찾아보기

김소월, 「진달래꽃」, 76쪽.

김수영, 「우선 그놈의 사진을 떼어서 밑씻개로 하자」, 185쪽.

김종삼, 「누군가 나에게 물었다」, 230쪽 / 「묵화(墨畫)」, 89쪽 / 「민간인」, 80쪽.

메리 프라이, 「천 개의 바람이 되어」, 33쪽.

박일환, 「21세기와 평화」, 99쪽 / 「개학 첫날」, 148쪽 / 「눈썹달」, 104쪽 / 「눈치코치」, 176쪽 /
　　　　「독도의 꿈」, 112쪽 / 「말은 청산유수」, 191쪽 / 「미친년」, 67쪽 / 「수업일기 3」, 189쪽 /
　　　　「슬픈 ㄹ」, 114쪽 / 「안산에서 안산까지, 그리고」, 164쪽 / 「하파타 순」, 142쪽 /
　　　　「할머니를 만나면」, 203쪽 / 「희망사항」, 174쪽.

백석, 「여승(女僧)」, 154쪽.

신동엽, 「산문시 1」, 132쪽.

신현수, 「아, 아, 4.3」, 157쪽.

윌리엄 블레이크, 「순수의 전조」, 116쪽.

유하은, 「봄비」, 49쪽.

윤동주, 「고향집」, 202쪽 / 「오줌싸개 지도」, 118쪽.

이상, 「오감도(烏瞰圖) 제4호」, 15쪽.

조아라, 「그리움」, 126쪽.

한하운, 「개구리」, 178쪽.

작자미상(학생작품), 「감나무」, 218쪽 / 「별님의 사랑」, 213쪽 / 「비」, 198쪽.